施元辉译文精选

女富翁的遗产

高木彬光 著
施元辉 译

海峡出版发行集团 | 海峡文艺出版社

作者简介

　　高木彬光（1920年～1995年），日本著名推理小说作家，与江户川乱步、佐野洋、森村诚一和横沟正史并称日本推理文坛五虎将，主要作品有《破戒裁判》《检察官雾岛三郎》《零的蜜月》等；1948年发表处女作《刺青杀人事件》，小说构思新颖，手法独特，一炮打响后走上专业作家道路；1961年发表了代表作《破戒裁判》，开拓了推理小说在法律题材上的新领域，小说塑造了一个有正义感的律师，歌颂了人道主义精神；另一部小说《能面杀人事件》获日本推理作家俱乐部奖。高木彬光一共写了60多部推理小说，如《鬼面谋杀案》《女富翁的遗产》等，深受广大侦探小说爱好者的欢迎。

　　高木彬光作品的特点：富有敏锐的观察力，运用侦探题材，深刻揭示资本主义社会的黑暗面，从侧面反映了人与人之间的关系；在法律领域中，塑造了检察官、律师、法医、警官等鲜明形象，他们甘于与上层斗争，不徇私情，以正克邪；叙述细腻生动，作品有很强的逻辑性，文笔活泼，结构严密。

序

张 炯

《施元辉译文精选》即将出版，这是我国翻译界和中日文化交流的一件可喜可贺的事！施元辉是我认识多年的老朋友，也是隶籍福建福安的同乡。他是中国作家协会会员，知名的翻译家、散文家。他从北京外语学院毕业后分配到外交部工作，曾任我国驻日本领事并长期从事中日文化交流活动。出于对文学的爱好，他先后翻译了当代日本作家的作品十多部。其中既有儿童文学作品，更多是受到读者广泛欢迎的推理小说。他还出版过自己创作的散文集。他精选的译作共三百多万字，这次结集出版，编为十卷，可谓皇皇巨著！

中日文化交流可以追溯到汉唐，渊远而流长。特别是唐宋以后，日本曾派遣大批留学生来华，鉴真和尚携带许多书籍并率领大批工匠赴日，使中国文化得以广泛传播于日本。历代日本天皇多酷爱中国文化，也多方搜购中华书籍。所以，著名的日中友好人士白土吾夫先生曾说："明治维新以前，日本的文化多来自中国"。而明治维新后，日本率先学习西方，自此我国也多有留学生到东瀛学习。我国新文学的兴起，大多得益于通过日本而吸取和借鉴了许多欧美等国的文学。鲁迅、郭沫若、郁达夫、茅盾以及周扬、胡风等都先后去过日本，并从日文翻译了不少西方和日本的作品。

施元辉翻译多部日本儿童文学作品和推理小说应非偶然，当今我们从日本动画中就可窥见日本儿童文学的发达。儿童是人类的未来，优秀的儿童文学作品对儿童精神世界的影响，已为世界各国所高度重视。日本最初的推理小说借鉴过中国明清的公案小说，后来才受到西方侦探推理小说的影响，并发展为具有深刻社会内容的小说品种。这种小说由于具有强烈的悬念，而层层推理在满足读者审美需求的同时又能培养读者的智慧，它之广受读者的欢迎是很自然的。

我国翻译外国小说的历史可以追溯到19世纪90年代。那时译界的名人严复和林纾都是福建人。康有为曾有诗称："译才并世数严林。"而严译学术名著，林译欧美小说。林纾先后译有外国文学作品达180余种，其中不乏世界名著，如《巴黎茶花女遗事》《黑奴吁天录》《块肉余生述》《撒克逊劫后英雄略》《滑铁卢血战余腥记》《迦茵小传》《鲁滨孙漂流记》《伊索寓言》等，林纾不会外语，与人合作，别人口述，他以文言译之。后来鲁迅、周作人也曾用文言译《域外小说集》。那时译家蜂起，据阿英《晚清戏剧小说目》统计，翻译小说从1882年至1913年计有682种，可见翻译小说之盛况，而侦探小说居然占一半以上，说明这类小说受欢迎由来已久。

施元辉翻译的日本小说也不乏名家之作，如井上靖的《红庄的悲剧》、松本清张的《跟踪》、高木彬光的《零的蜜月》、草野唯雄的《复制的脸形》、江户川乱步的《奇面城的秘密》、森村诚一的《恶梦的设计者》等，差不多遍及日本当代推理小说的各流派。他翻译的《恶梦的设计者》《零的蜜月》等作品多次再版，并被改编为电影、电视和广播小说。此外，他还翻译出版了日本著名作家山崎丰子的名著《女人的勋章》以及日本儿童文学鼻祖小川未明的《红蜡烛与人鱼姑娘》和滨田广介的《黄金的稻穗》等多部日本儿童文学作品。他自己写过小说和散文，他的译笔忠实于原文，流畅、生动、简洁、富于色彩。严复当年曾提出并实践译作的"信、达、雅"的要求。他在《天演论译例言》中说:"译事三难:'信、达、雅'。求其信已大难矣,顾信矣不达,虽译犹不译也,则达尚焉。"可以说,施元辉的译文做到了"信、达、雅"的要求。严复、林纾当年以文言来译,要做到"达"很难。而施元辉以现代汉语——白话来译,普通读者读起来是毫无障碍的。他翻译的作品曾得到著名日语翻译家文洁若女士的赞赏。

《女富翁的遗产》是当代日本推理作家高木彬光的杰作之一。全书通过一封来信,向读者揭示了当前日本社会自私贪婪、尔虞我诈的资本主义腐朽没落的本质。围绕着女富翁的财产,发生了一系列极其错综复杂的杀人案件,侦探墨野陇人凭着他的敏锐、机智,拨开迷雾,使案件真相大白,原来凶手竟是一个令人难以想象的人物。

中国和日本为一衣带水的邻邦,有过两千年友好交往的历史,近代以来却不幸发生过战争。今后两国如何和平共处,继续友好,这是两国有识之士和广大人民都十分关心的。我国领导人提出建设人类共同体的建议,我想,其目的就在提倡各国友好、和平共处,把我们的世界建设得更美好!这期间,加大加深各国彼此的文化交流、包括文学的交流非常重要。施元辉原是从闽东北山村走出来的子弟,被家乡人誉为福安的第一个新中国外交官、第一个文学翻译家、第一个电影出品人。他退休后还投身企业界,创办了文化交流公司,热心家乡公益事业。我希望他不要忘记文学工作,译文集的出版不是终点,而应是新的起点,人们会期待他翻译更多的日本文学作品,帮助中国读者通过文学更多认识地日本;同时也将中国当代的优秀文学作品翻译为日文,帮助日本读者更多认识地中国,继续跟他熟悉的日本友人和作家一道为促进两国的文化交流和人民友好做出更大的贡献!

2017 年 2 月 20 日于北京

（张炯是中国著名的文学评论家，原中国社会科学院文学研究所所长、学部委员、中国作协副主席）

目　　录

一、与墨野陇人的约会 …………………………… 1
二、七十五岁老太婆的不安 ……………………… 10
三、上松三男的预备调查 ………………………… 19
四、令人恐惧的新发现 …………………………… 29
五、第一个嫌疑者 ………………………………… 41
六、第二个嫌疑者 ………………………………… 48
七、第三个嫌疑者 ………………………………… 56
八、"四日之内杀死你" …………………………… 63
九、第一个被害者 ………………………………… 70
十、性格畸形的被害者 …………………………… 79
十一、不确切的旁证 ……………………………… 88
十二、宫崎俊子之死 ……………………………… 100
十三、参加暴力团体的学生 ……………………… 109
十四、"伤女人的心" ……………………………… 116
十五、两种毒药 …………………………………… 123
十六、恶魔似的人 ………………………………… 130
十七、狂病患者 …………………………………… 138

十八、鬼的数数歌 …………………………………… 145
十九、第三个被害者 ………………………………… 152
二十、第四个被害者 ………………………………… 159
二十一、对峙 ………………………………………… 167
二十二、铁牢 ………………………………………… 174

一、与墨野陇人的约会

我认识一位神秘的、具有计算机式头脑、机警非凡的名侦探。他名叫墨野陇人。认识他之后，在别人劝说下，我根据他侦破的一桩连续杀人案的内容，写了一部题名《黄金的钥匙》的小说。这一案件是围绕"小栗上野介埋藏的黄金"而展开的。我写的这本小说到现在已过去很长时间了。

我在这里叙述的新案件，是在"黄金的钥匙"一案之后不久发生的。

墨野陇人，他的名字是外国式的。关于他，我只是从自称是墨野的秘书、上松三男的口里得知他是研究企业管理的，这可称得上是一种尖端的职业。因为许多公司为了使企业管理合理，提高效益，要求他提供咨询。除此之外的情况，即使后来我和他的关系变得亲近了，墨野和上松也没有更多的告诉我。

由于墨野不告诉我他的住址和电话号码，所以我如有什么事要和他联系时，只能给上松去电话，由他转告。就是这个上松也经常不在其公寓里。我几次给他打电话，话筒里只传来他那冷淡呆板的录音声："这里是东京上松三男电话7295678。我现因事外出。客人可在'咔'的一声响后说话。"我从来没遇到过有女人来接电话，上松告诉我，他和妻子已分居，不过我不认为他有情妇和他住在一起。我曾特意查了电话簿，他的电话和姓名、住址是一致的，只是没有标明其职业罢了……

而墨野陇人，最初我在新宿一家名叫"黄昏"的音乐茶座里偶尔认识他时，就直感他是一条光棍。

前面已谈过，墨野从不谈及自己的身世，我只能借助于上松三男的偶尔透露了。据上松说，墨野的母亲原是北欧一个国家的男爵夫人。男爵死后，她改嫁墨野陇人的父亲。就这样，他母亲给他取了一个外国式的名字，然后音译成相应的日本语汉字——陇人。由此可想他那外国名字或许是 roejing 还是什么的。因而这奇怪名字的来历，也并非不可思议的了。

他具有非凡的音乐才能，能熟练演奏贝多芬钢琴独奏曲《皇帝》；他还有语言天才，能流利地讲几个国家的语言。我常想，这大概是他那外国母亲遗传给他的吧！

他比我大十来岁，我初次见到他时，他已经四十五六岁，可是他像外国人一样，皮肤白净，鼻梁高悬，额头宽阔，颇有贵族绅士之风度，比他的实际年龄要显得年轻得多。

据上松说，可能他因从小体弱多病，结婚颇晚，婚后又不幸祸从天降，妻子和女儿在一次车祸中死去。

听了这些，我不由深深叹了一口气。

我是一个寡妇，有相当多的遗产，又没有孩子负担，所以搬到这座高级公寓来住。我在这里过着一种颇为悠闲自在的生活，以致朋友们给我起了一个雅号"快乐的未亡人"。从最初见到陇人起，我就对他产生了一种有生以来甚至对死去的丈夫也没有过的奇妙感情。

难道我已经深深爱上他了吗？

"是的，一定是的。"

我的朋友以玩笑的口吻说。

有人说，年纪相差十来岁的夫妇也不算少，你们不用等到二月十四日的圣范伦泰节①了。又有人担心地说，他好像是一铁石心肠的人，不要说吻你，就连他自己的住址和电话也不告诉你，他完全没有诚意呀！他真的对你怀有好感吗？

的确，他给人以一种冷漠的感觉。他那眼睛像黑宝石似的，目光灼灼逼人，即使我这样强的女人，触到那目光，也会产生一种畏缩感觉，甚至说不出话来。在这一方面，比起墨野来，同嗜好烟酒的上松在一起，倒还觉轻松些⋯⋯

但是，墨野对我怀有一种异乎寻常的好感，这是我很清楚的。虽然他总是说"我是个讨厌女人的木石之人"，可是他常邀请我到"澳可拉"饭店、帝国饭店、日华楼这样一流饭馆去用餐。他虽然几乎滴酒不沾，饭量也不大，但我知道他是一个讲究吃的人，他若对我没有什么特别要求，那就不会多次单独约我到这样的地方来。一个月之后，我按捺不住心中欲火，就约他到银座的"爱情"餐厅吃饭。

"偶尔让我答谢您一次吧！"我邀请道，他很直率地接受了我的邀请。

我宛如一步登上通往幸福天堂的阶梯。我想，他不会不知道我邀请他到这个餐厅来的含意吧！赴约之前，我做了精心的化妆，浑身洒上最名贵的香水"夜间飞行"。我还打算在吃饭时，打开名贵的大瓶"洛扎"葡萄酒，喝完之后，定要他把我送到我的住处⋯⋯

但是，事情并不像我期望的那样。差十分六点，我们先在餐厅旁一家名叫"琥珀"的吃茶店小憩。墨野两眼充血通红，

---

① 圣范伦泰节：男女订婚的节日。

眼圈下面发黑，似乎相当疲劳。

"怎么，您身体欠佳吗？"

现在我担心的莫过于他的身体，于是这样问他。可是他摇摇头道："身体倒没什么，只是最近忙得不可开交，有个报告必须在明日清晨之前写完。为写这份报告，这两天来我只睡了三个钟头……干我们这种事业，要是没事干时，闲得不知如何是好，可是有时竟然忙成这个样子。"说着他扫视了一下手表，轻轻地低下头说："因而今晚我只能奉陪您到九点了，我回去还要通宵加班呢。您特地邀请我，我却不能奉陪到底，实在抱歉之至。"

我感到失望，不过我想还有好几个钟头呢。再说来日方长，我们以后机会还多呢！

"要致歉意的该是我哩！您那么忙，我却把您叫出来，实在对不起。"墨野放心地微笑了，像女人似的，他左颊浮起一个笑靥。平常隐藏在严厉下面的温和，在这样的时候表现出来，富有更大的魅力。

"哪里，哪里，我一个人也得花时间吃饭呀……托您的关照，我或许还能在这将近三个钟头里得到休息呢！"

不一会儿，我们来到"爱情"餐厅二层，坐在窗旁了。

我决定用小瓶的"洛扎"。因为即使这样，我也不能喝醉呀！墨野选了前菜：圆葱汤、冷盘龙虾。

我们用葡萄酒干杯，据上松说墨野是滴酒不进的，可墨野说他今天能够陪我喝一杯啤酒、一杯葡萄酒，是由于长时间训练的结果……

"在日本不会喝酒算不了什么，可是一到外国就不好办了。"他呷了一口葡萄酒，放下杯子时，以自嘲的口吻道。

"当然也因地而异。在欧洲，城市里的普通自来水是硬水，一喝就可尝到那种苦涩味道，而且对身体很不好，所以那里即便是午餐时也要用一小瓶葡萄酒或啤酒代替茶水作为一般饮料。工厂里的工人也是这样。可是我本人，就像今晚这样吃饭时非订瓶矿泉水不可，其价格比葡萄酒和啤酒还贵，似乎不值得。其实在日本只要叫一声招待员就会给你端来一杯不花钱的普通水，这在欧洲人看来是多么幸福的事呀！"说着，墨野真的拿过水杯来。

"您大概多次去过欧洲吧？您印象最深的是那里的什么地方呢？"我这样问他时，心里在期待着他能告诉我一些我还听不惯的北欧国家的地名，他多次去过欧洲，又能熟练运用几国文字，那么一定访问过他亡母的故乡吧！要是能把话题转到这上面，或许能从中了解到一些有关他谜一般的过去经历。

"是呀！……不管怎么说，欧洲是一个具有古老历史和文化的大陆，无论在哪个小城市，你都能看到那令人叹为观止的古迹和风光。譬如比利时的布鲁塞尔，日本旅游团体大都把它当作欧洲的乡下，不列入观光路线之内。然而这里的森林，确实是一奇观，连巴黎的布朗勒森林也望尘莫及……森林面积辽阔，足可容纳东京二十三个区。从城市中心乘车二十分钟即可进入大森林起点。拿破仑的最后战场滑铁卢离布鲁塞尔仅有一个小时的行程，那里是一个大牧场，大道两侧大半是茂密苍郁的大森林，其间散落着由几座古代王公贵族别墅改建的豪华餐厅。三年前的除夕，我在其中一家餐厅吃过饭，因是送旧迎新之夜，那里提供的奇馔佳肴极为丰盛。

"记得第一道菜是一片精细的鹅肝，之后是大海龟肉汤、沙野猪肉、用当地野菜做的色拉、特制的餐后点心……那种美餐，我真想再次品尝。"

"问句失礼的话，那，那顿饭您花了多少钱？"我产生了一种微妙的好奇心。

"我们是四个人用餐。我、一个日本朋友、一对比利时人夫妇,花了将近四万日元。大部分钱花在那瓶极为昂贵的高级葡萄酒上。我只呷了一口……而菜肴倒还便宜,才九百比利时法朗,折成日元不过六千日元多一点。"

"在日本,像这样的几道菜,至少要花一万日元以上……因而那里除了水外,要是别的东西也如此便宜,那还是蛮可生活下去的了!"

"嗯!也有例外。譬如那里也卖日本的'哈伊拉伊托'香烟。我不会吸烟,但问了价格。在日本卖八十日元一包的普通的'哈伊拉伊托',那里要卖二百一十日元。可是别的烟,如'拉契思托拉伊克'的价格和日本一样,也是一百七十日元。因此像上松君这样的烟鬼也抽得起。肉比日本便宜。唉,元旦那天,那个日本朋友请我去吃年饭,当他端出日本盖饭和青鱼子时,我大吃一惊。我对这位长期侨居比利时的朋友说,这青鱼子在日本被称为'黄色的宝石',是名贵佳肴,他好像还不理解。我是男人,不能对所有东西的价格逐一对比。不过有一点我是知道的:土地、房屋等不动产的价格,好像要比日本便宜一位数。当时我听说,从布鲁塞尔中心乘车约二十分钟远的地方,有人出售一幢像城堡似的大住宅,据说有三十几个房间和一个三千坪①左右的庭园,其价格折合日元不过将近二千万日元……"

墨野叹了口气。老实说,听了他的话我也很吃惊。

"人家首都郊外,还留下偌大森林,供人游赏呢!……可是我们日本最近地价暴涨。难得我死去的丈夫留给我一些土地,

---

① 坪:土地的面积单位,一坪约等于 3.3 平方米。

可是最近有位朋友要买我的土地盖房时,我却感到害怕。"

墨野脸上浮现出一种既非微笑又非苦笑的复杂表情。

"这一点,我和您同感。我死去的父亲也给我留下大片的土地。把这些土地卖了,即使没有别的收入,似乎也能舒舒服服地过一辈子。但是,我这个不善理财而爱花钱的人,也不愿把土地卖掉。因为我总觉得土地是国家的,不能看成是私有财产……"

墨野的话在我内心里掀起一阵骚动。我并不是为墨野拥有大宗财产,可以游手好闲,舒舒服服地生活——如果愿意的话——而感到高兴。而是由于有一种想法在撞击着我的心房:即便是二十来岁的男子,在向自己钟情的女子求婚之前,据说出于礼貌,也要将自己的职业、收入告诉对方。墨野是不是将向我求婚呢?

当然,他是一个极有理性的人,甚至自称不喜欢女人,他也的确从未在我面前感情冲动过。况且,他又是一个家庭,或说是婚姻生活遭到不幸的、中年即将结束的男人,因而表达热情远远比不上二十几岁的年轻人。即使这样,我也感到我已经往楼上登高了一层阶梯了!

下次机会,一定——我心中暗自发誓道。

就在这时,墨野脸上稍露异样神色,从椅子上站了起来。

我情不自禁地回过头,一个女人正走进来。墨野像被磁石吸引似的,向她走过去。

她看起来比我年轻,三十岁左右,身穿一套浅茶色西服,敞开的胸前垂着一条黄色项链。她个子不高,体态丰盈,浑圆的脸庞嵌着一双过大的眼睛。我也有一个这么大眼睛的女友,她的丈夫骨瘦如柴,平常老生病,因此背后有人说那女人是一台全自动的绞肉机。

墨野走到那女人身旁，和她小声谈着。当然在这里偶尔遇到认识的人，也不足为奇。可是我心中情不自禁地涌起一股酸溜溜的感情。

那女人走到离我们桌子相当远的位置坐下了。墨野马上走回来道："失礼了！她叫宫崎俊子，是一个朋友的妻子。"

墨野解释道。但我疑虑满腹。也许过于神经过敏，我总觉得他话中夹谎。

当然，名字不会是假的。我认为其中的谎言可能就是"一个朋友的妻子"这句极为普通的话。如果他直截了当地说出她的职业：新剧的演员呀，弹钢琴的呀，还是酒吧间聘任的女经理等等，我或许不会产生什么疑心的。从墨野的性格看，他不会干出和酒吧间老板娘女招待发生特殊关系的事来……

我心里直嘀咕：墨野和这个女人究竟有什么关系呢？

墨野的神态好像发生了变化，就像突然发生了一件令其担心的事似的变得缄默不语了。那杯最初只呷了一口的葡萄酒，不知什么时候喝干了。

好不容易的一次愉快约会被搅散了。

本来是美味的龙虾，现在吃起来就像是在冰箱里了放一夜的饭团，毫无味道了。

餐后，墨野以道歉的口气说："实在对不起，我想起刚才谈到的报告中有重大差错之处，当然不需要重新再写，但得花时间修改，现在只得失陪了……"

他这些话显得不自然，使我觉得纯属借口。我本想直截了当问他"您现在大概要和她到什么地方去了吧？"但我竭力忍住了。在这种时刻，给他一个争风吃醋的印象，一切都可能付诸东流呀！

他叫了一辆出租汽车，把我送回公寓。

"我们最近还能见面吗?"

车中,墨野沉默不语,快到公寓门前时,我鼓起勇气探问道。

"届时我会给您打电话的……"

墨野好像随便地回答道。可我是希望他至少能决定下次见面时间的……我不由得叹了一口气。

回到卧室,我取出白兰地。我想,这时候要是不喝一杯,心里真受不了呀!

电话铃响了。

"是和子吗?您回来了?"

耳机中传来住同一楼的一个名叫谷口菊子的七十五岁老太太的声音。

"是的,刚刚到家……"

"我有事和您谈,现在能否打搅您一下?"

她的语调使我感到她似乎有什么担心的事。此时我一人正百无聊赖,总想和什么人谈谈,于是马上答道:"好的,我等着您!"

二、七十五岁老太婆的不安

谷口菊子是明治时代出生的人,今年七十五岁。她头发花白,但精神矍铄,常以不戴花镜就可穿针引线而自豪,并自夸有一半牙齿不是补的。她食量之大令我吃惊,一顿饭吃一份牛排不在话下。她说话逻辑清楚,从不给人以恍惚糊涂的感觉。

可是这位老太太五分钟后来到我的房间时,脸色却不好,像遇到了什么可怕的事。

"老太太,您怎么啦?什么地方不舒服?"我担心地问。可是她摇了摇头:

"不……刚才我收到一封信,想请您看看……"

这是一个四四方方的信封,上面工工整整地写着印刷字体的收信人姓名,而信封背后却没有发信人的姓名。

信封内只装着一张简单的信笺,当我看到上面一行横写着的字时,不禁吓得透不过气来。

"EIN、ZWEI、DREI——IOD。"

这是德语。虽然我德语并不高明,但还能看得懂其意思。前三个单词是三个数字:1、2、3,最后一个单词是"死"字。

"你看出是什么意思了吧?好像不是英语,我知道你学过外语。"

"是德语。写着1、2、3——死。"

"什么？是1、2、3、4[①]？"

"不……"

我走到电话旁，将"1、2、3、死"写在本子上让她看。

"怎么？"

谷口菊子用手紧按左胸，眼睛瞪得圆圆的。

当时我很担心这个老太太会受刺激而引起心脏病发作。

"您不要紧吧？老太太，我给您端杯水来，好吗？"

"不妨事。"

她虽这样说，但肯定受了相当大的刺激，我急忙用开水给她冲了杯茶端过来。我那端杯的手似乎也在颤抖。

"是谁跟我这样的老婆子过不去……究竟为什么写这种使人有不祥预感的信呢？"

菊子喃喃自语，我一句话也说不出来。按推理小说式的判断，这肯定是一封恐吓信，或至少是有意惹人烦恼充满恶意的信。

"您不必担心，这大概是恶作剧。"

我边安慰菊子，边回想和这位老太太认识的经过。

谷口菊子大约是在半年前搬到这个公寓来的。当时，她大概按明治时代的老规矩，第一次来问候我时，还拿来一大盒点心，这使我有些不安。——当然，不仅对我一个，好像对全楼的人，她都是这样的。

记得当时，她好像告诉过我，她先前住在下落合一所大宅子里，因孤身人老，无力清扫整理，就以相当的价钱卖掉那宅

[①] 日语的"死"和"四"发音相同。

子，搬到这个高级公寓来住了。

她死去的丈夫是位药学博士，生前曾任高鸠制药公司董事，十年前退休后过着悠闲自在的生活。就在她丈夫死去三周年忌日，她把那宅子卖了，获得了可观的一笔钱。此外，她还拥有多处土地，是一个相当大的女富翁。有一次我们谈起什么事情的时候，她无意中透露在日吉火车站附近还拥有一千坪左右的土地，光这一片土地至少也可卖一亿多日元。

像她这样的年纪，本应儿孙满堂，可是她和死去的博士却无儿无女。丈夫去世，剩下她孤单一人。我时常以为她一定会很寂寞而同情她，但看来她生性倔强，从来没在我面前唉声叹气过。

在这种情况下，她身后这笔遗产将落入谁手呢？

当然，我们是碰巧成了邻居，才认识半年的。因而我以前全然没有想到这件事。只是她让我看了这封令人丧气的信以后，才想到这一点。

"把这封信交给警察，请他们调查，您看怎么样？"

菊子以不安的神情突然问道。

"噢……警察也是很忙的，恐怕不会为您这么一点事儿兴师动众吧；再说，即使鉴定出笔迹和指纹，也难于判断是出自谁手呀！……我说您倒不如找合适的亲人商量商量，怎么样？"

"是呀，可是……"菊子欲言又止。停了一会儿道："可以说我已经没有什么亲人了。哥哥已经去世，留有一个儿子，现在是一家公司的董事。妹妹还活着，也是六十五岁的人了，有三个孩子，名叫一郎、ふみ子和志郎。"

我一听不由心中愣了一下。

我不知道ふみ子的汉字怎么写，可我知道将棋八段棋手加藤ひふみ的ふみ两音，汉字是二三。要是信笺上的"二、三"

指二三子即ふみ子的话,那么,信笺的"1、2、3"是不是指一郎、ふみ子、志郎呢?这仅仅是偶然的吗?

"那么,只能和令妹商量了。但是如果侄儿侄女就……"

"那……"菊子深深地叹了一口气,"妹妹也是一个苦命人,她死去的丈夫是个酒鬼,患过酒精中毒症……可能是妹夫的遗传关系,她那几个孩子也都不成器。"

"怎么啦?"

"说起来也怪难为情的。"菊子叹息了几声,"长子一郎今年四十二岁,所谓厄运之年,他是一个令人头疼的纨绔子弟,已经改变了好多次职业,无论在哪里都干不长。最近五年间在一家电气专业报社工作。我原想他能一直干下去就好了,可是前不久又和报社经理吵了一架,辞职不干了。他说自己总听别人招唤,难有出头之日。因而想自立门户,单独干一番事业。"

"可是,独立干一番事业,说说不难,干起来谈何容易呀……不知他有什么目标没有?"

"这个嘛……他说他从事了五年报社工作,颇懂些办报的窍门,也要办一个电气专业的报社,给那个报社经理看看,出一口气。最近,他找我要求提供资金,我只是一笑置之,未予理睬。原来他的计划很简单,就是从各个公司募集广告费来办报纸。我笑他这是在打如意算盘。我虽是外行,但我不相信他的计划能够实现。我告诉他,募集广告首先要人家相信你,这是功到自然成的事业。即使开办一个像样的理发馆或是鱼货店,也得需要十年。不要说他刚刚开始办报了,即便办了五年,人们也不会相信他的,因而现在就想入非非,要人家向他提供广告费,只会被人认为他是骗人钱财的。

"他听了大发脾气,而我至今仍然认为我的看法不错。"

听了这些,我想这老太太话锋锐利,比男人更有主见。

当然仅凭这些介绍就去判断一个从未见过面的人的性格还为期过早,但在我想象中这个一郎是一个没有能耐却又狂妄自大的性格畸形者。

"ふみ子呢,她曾是一个聪明可爱的姑娘,可是结婚后,由于丈夫不好,她也完全变了。"菊子叹了口气继续道,"她丈夫自吹是一家公司的经理,实则是光杆司令,好像当皮包商、经纪人什么的。这样的行当,如果说在战后初期还能赚到钱的话,现在就难说了,但他现在具体搞什么名堂,我一点儿也不知道。最近好像又把眼盯到我的土地上,来找过我,说有买主,怂恿我卖掉土地,但我拒绝了他,并说:我已经这把年纪,不能把这些钱带走,倒不如赠给哪个慈善部门,给老人们盖养老院。这样,我死去的丈夫在九泉之下也会高兴的。

"对方听了神情颓丧,临走时说:'您想好了以后通知我,我再来。'可我是一个倔强的人,一旦话说出来,就绝不让步的。我是不会让这个行为不端的人感到满意的。他只要弄到一点钱,不是去赛马,就是去嫖女人……"

我想,既然菊子对他下了这样的断语,那么他们之间以前肯定不只一次地发生过类似这样不愉快的事情。可以想象,像这样经理兼跑腿儿的"公司",是搞不出什么名堂的。他顶多在什么地方租上一间房子,放张办公桌作为办公室,绞尽脑汁寻找赚钱的门路。加上他又是一个嫖赌之徒,他那手头拮据、捉襟见肘的狼狈相,是可以想见的。

"要是ふみ子讨厌他和他一刀两断就好了……可是她还自己去工作供给他生活费呢。因而我责备她:'你真是一个贞节之妇,实际上这并不好呀!'看来她现在还没有清醒……"

我想ふみ子和她丈夫大概是人们所说的虽然在一起不幸福但又不能分开的"孽缘"夫妇吧!这样的夫妇不少见。

"至于志郎，他从小就堕落成为暴力团成员了。直到现在仍然拨不出身来……"

菊子又叹了一口气，接着道："前不久，他刚从'别墅'①回来……向我发誓说：这次一定要重新做人。可是我不相信他……对于他们，我已经无法忍耐了。"

菊子可能对她的外甥们伤透了脑筋，再也不愿意谈下去了。我也不禁嗟叹不已。

这可能是什么劣等因子的遗传吧！用过去佛教的因果报应的唯心论来解释，恐怕是由于上辈子造孽所致。因此她妹妹的子女都是不成器的人。可是……

我不禁打了一阵寒战。

我虽对法律不甚清楚，但根据这种亲属结构，我知道这个老太太如有万一，其财产的大半大概要由其妹妹来继承的。

那么，一郎、ふみ子的丈夫和志郎，他们尽管不成器，但在老太太身后都能得到遗产。从菊子的即使是简单的介绍中，也可以想象，届时他们争夺遗产的情景将会何等激烈了。

岂止如此，他们为了早日得这笔觊觎已久的遗产，甚至要对这个善良老太太下毒手的。

菊子似乎从我的脸色猜出我在想什么似的，挺起身躯，声音微颤地道：

"村田女士，我最近害怕的莫过于这件事了，我可能要惨遭这三个人中的哪位暗算呀！就在这时接到这样的信，您能理解我的恐惧吧……"

"我不由得……"我低下头答道。

"可是，因这是有关亲属的事，不便对他人讲……所以我想

---

① 别墅：隐指牢狱。

拜托您一件事……"

"什么事呀?"

"实际上是刚才让您看信时,我突然想起的。据说您有一位很了不起的当侦探的朋友,您能否介绍我和他商量商量。无论需要什么礼物,我都可奉送。"

我一下子感到奇怪:菊子怎么知道墨野陇人?噢,我想起来了——

在过去的一桩案件中,纯属偶然,在我轻井泽的别墅庭院里,发现了一具尸体。

想不到报纸报道了这桩案件,提到我的名字。于是警视厅派来刑事向我调查。在那期间,墨野和上松曾多次出入我的住所。当时我的隔壁住着一家公司董事的太太,我和她很要好,就将详细经过告诉了她,因为那也并非什么秘密的事。那邻居可能又把我的话传出去了,因而菊子知道我认识一位侦探朋友,就毫不奇怪了。

"是呀,他是一个很聪明的人,但不是专职的侦探。我对他也不甚了解,只知道他是研究企业管理的。他很忙,像您这样的事,不知他是否肯接受。"

"是吗……要是他本人拒绝,我也算了。不过还是请您介绍我见他一次,请他听听我的话……"

据说上了年纪的人,一旦对什么问题钻了牛角尖,就像偏执狂一样顽固。她的请求使我颇为为难了。

我和墨野虽然刚在一起吃完晚饭,但我既不知他的住所,也不知他的电话——这是很难为情的事,我难以说出口。

"不过……您这样要求,我能否说服,实在没有信心呀!"

这时电话铃响了。我拿起耳机,情不自禁地睁大了眼睛。

"是村田女士吗?您好!我是上松。"

这真奇怪，突然从耳机里传来了已经一个星期没有听到的上松三男的声音。

"我给您去了好几次电话，您都不在……"

"对不起，我到东北方向旅行去了，现在刚回到上野车站……您如果方便的话，我想经过您的住处一下……"

"好，我等着您。"

我想对方用的是公用电话，不能和他唠唠叨叨，聊个没完，就忘记讲菊子的事，把电话放下了。

"是客人吗？"当我放下电话时，菊子带着一种不肯罢休的表情问道。

"真是说曹操，曹操便到呀！打电话的正是墨野陇人先生的秘书上松先生。他刚旅行回来，现在上野车站，不一会儿要到这儿来。"

"是吗？从上野车站到这里十分钟就够了。"菊子的眼睛闪动着一种难以想象是老人的热切目光，"那么，见见墨野先生的秘书也可以……哪怕几分钟，请您介绍一下。"

我想，此时菊子的心情宛如溺水者，哪怕一根稻草也得抓住。从她有关身世的一点介绍，可以知道她的亲戚不仅不可依靠，而且是不可不防的危险人物，为此老太太不能不感到恐惧万分……

"不管怎么样，等他来了之后再问他吧。"

我没有办法，只好这样答应道。菊子放心地叹了口气。

"你们也许要商量什么事，我先回自己房间去。请您给我来电话，或者到我的房间也可以。"

说着，菊子站起来。我什么也没说，她就轻轻低下头，轻轻走出房间去。

桌子上依然放着那写着"1、2、3——死"的信笺。当然单凭这张简单的信笺和菊子的介绍，墨野据以推理也无法得出什么来的。可是这一件事能够就这么无声无息了吗？我心中油然产生一种掺杂着恐怖的莫名其妙的强烈好奇心。

三、上松三男的预备调查

十分钟后,上松三男来了。

这些日子他好像是在烈日下奔波,脸色黝黑,头皮似乎也被晒薄了一层。

"我回来时,经过鸣子温泉,顺便给您带来一个东北特产——小木偶人。您什么都有了,还是送您这玩艺儿好。"

上松如此富有人情味,颇令我高兴。

"您这次出去是工作,还是玩?"

"可以说一半工作一半玩。请问您最近见到墨野了吗?"

我给上松倒上白兰地后,把晚上的事告诉了他。

"您认识一个叫宫崎俊子的太太吗?今晚和墨野先生共餐时,我偶尔见到她。"

最后我望着上松问道。他轻轻地摇头道:

"我无法认识墨野的所有朋友,尤其他认识的太太们。不过,您不必为此担心。万一墨野有哪个特定的女人,那一定会传到我耳朵里的。"上松为了安慰我似的保证道。

我听罢如释重负,随即将谷口菊子的话尽量准确地转告给他。出乎我意外,上松表现出很大的兴趣。

"竟然有这样的事！当然也可以把它看作是哪个人干的恶作剧而一笑了之，不过，这也有可能是某种可怕案件发生的前兆呢！"

我不由浑身打了一个寒战。

上松三男十分认真地听我叙述。从我的叙述一开始，他白兰地也不喝，只是两手交叉一动不动地凝视着天花板的一角。

"听累了吧？烦劳您把这件事转告墨野，可以吗？"我说到最后，这样问他，上松才如梦方醒似的望着我回答道：

"哪里，哪里……不过据您刚才讲，他今晚一定很累的。他修改报告，弄不好，说不定还要花几天时间呢！本来他整理材料十分认真，很少出差错。然而即便是个天才，也毕竟是人呀……怎么样，先让我见见那个老太太吧！"

可是您一路风尘仆仆，想必很疲劳了吧！"

"没关系。反正是顺便。再说，现在这阶段，让墨野来，他也无法运用他那计算机头脑。还是让我了解第一手材料吧。这或许以后对墨野有用。"

上松表现出如此热情，令我感到意外。但对他的决定，我暗暗高兴。因为这可以在满足谷口菊子要求的同时，创造出更多的机会见到墨野。

我们决定到谷口房间去。

菊子当然很高兴，她眼里闪烁着泪花：

"有劳您在百忙中光临。不知如何感谢您才好！希望您帮助呀！"毕竟是明治时代的妇女，她不断地躬身施礼。

"村田女士已略介绍了。请您不必谈有关信笺的事，主要谈有关令妹的几个孩子的问题。"

上松三男一定怀疑上谷口菊子的这几个外甥了。且不说刚从刑务所出来的志郎是个声名狼藉的流氓，就是一郎和二三子的丈夫，也是性格畸形的人，他们都是容易走上犯罪道路的人……"

谷口菊子几乎把刚才的话重复了一遍，没有新的内容。

上松默默地听着，然后从桌上探出身问道："大概的情况我已知道……现在我想问一个颇为失礼的问题：您是担心有可能遭到他们之中的哪一个的毒手吗？"

菊子自嘲似的噘着嘴答道："至少有一点是肯定的：他们都希望我死去。我要死了，他们会煮红小豆饭庆祝一番的。他们谁都想独占我的财产，而且焦急万分。他们利欲熏心，如若失去冷静，说不定会对我下毒手的。"

"有道理……"

"你们二位尚且年轻，像我这样的年纪，见识过各种各样的人……虽不能说不会受骗，但一般的人，我只要和他谈一席话，就能大概知道其性格如何。一郎他们三人可谓狼心狗肺之辈。他们之所以还不敢对我下毒手，大概是由于还没想出一种能逃脱罪责的好办法来。他们谁都怕偷鸡不成，反蚀一把米，到头来被投进刑务所或处以死刑，反让另两人多占了便宜呀……"

她分析之尖锐，言辞之激烈，令人感到好像不是出于一个老太太之口。我听了感到脊梁发冷，而上松像突然受到冲击似的，用手帕擦着额头渗出的汗珠。

"还想问另一个失礼的问题。听您的介绍，看来他们三人都不是孝顺的儿女，那么，令妹靠谁奉养？"上松三男恢复平静似的又继续问道。

"我的死去的妹夫原是陆军上校；因而不会留下多少财产。妹妹现在一个人住在公寓里，每月生活费由我供给。她比我小十岁，体弱多病，无法去做工。"

"是呀，一个六十五岁的普通老太太，没有积蓄，要是没有您的接济，也还得自去谋生……看来他们三人不能从母亲那里捞到什么了啰！"

"是不是有时向她讨要一二千日元这种少量的钱，我不清楚。按现在的物价，这少许的钱也只够孩子们买零食的呢。"谷口的话语中没有一点儿长辈的慈爱，非但如此，反而充满着冷漠、轻蔑和憎恨。

"我想先从志郎问起，他是属于什么暴力团体？犯了什么罪被送进刑务所的？"

"他原名杉浦志郎，由于专横跋扈无恶不作，被人取了个'拳击志郎'的绰号。过去曾多次伤害人，使警察大伤脑筋。最初因是大学生，得到宽大处理，可是大学辍学之后，由于出入于势力范围在新宿还是什么地方的名叫'丰田组'的暴力团体，就变为无法无天的强盗了……进刑务所这是第三次，全都是因为使用暴力伤害他人而被逮捕的。说不定还犯了赌博罪呢！更详细的事情，我就不知了……他才三十三岁，可是已变成一个无可挽救的社会渣滓了。"

"有道理。如果是一个已有三次前科的人，那就是名副其实的社会渣滓了……"上松叹息道，"他对您的态度怎样呢？过去强盗往往对一般人并不凶残，对亲属特别对长辈则是毕恭毕敬的。"

菊子深深点头称是："是的。战前我们那条街上住着一位挺好的强盗头子。有一天，我在路上见到他的手和脸缠着绷带，就问他怎么回事。他回答说被几个年轻人打伤了。我叹息道：'像您这样的人还……'他苦笑地告诉我，因为殴打他的是普通年轻人，他才没有还手。如果也是强盗，他会把他们一个个打成残废呢。的确，那才是好时代呢！……而现在人口增加得太多，又产生了公害之类的问题，人心都好像变得不正常了。"

原本一直头脑清楚说话有条理的人，谈到这个问题时，却远远离开了正题，这大概还是上了年纪的缘故吧！

"不过，人口问题公害问题和您的事，没有多大关系吧！上松稍微提醒了一下，她恍然大悟似的道："对不起，因为年纪大了，最近说起话来总是没边没际的……志郎过去常和他的兄姐吵架，现在也不和他们谈正经话。但是对待我，还不算粗暴。可我只要看到他那双贼眼，心里就打哆嗦，觉得不知他又在打什么鬼主意。"

"他有没有向您讨过钱?"

"有的。最初一次是在警视厅要把他关进刑务所时，从交涉到聘请律师的所有费用都是我给的……后来，他又好几次厚着脸皮来讨过钱，可是我对他说，我的忍耐已到极限了。——最近我不理睬他了。"

"当时，他威胁过您吗?"

"倒没有威胁过我，只是打躬哈腰地哀求：'您要不给我钱，我可要吃苦了呀'等等。"

"他有妻室吗?"

"听说以前和一个饮食店的女招待同居过。现在是一个人，住在早稻田大学附近的一个公寓里。那里我一次也没去过。"

"那么，你最近是在什么时候见到他的?"

"一个月前，当时他来告诉我，他终于从刑务所出来了。"

"志郎的事暂谈到这里。那么请问，一郎府上在什么地方？他有没有妻室?"

"他那样的人，还够不上拥有府第的资格。在田无那地方，借了一所房子住。有两个孩子，都在小学念书。大的六年级，小的三年级。"

"他是在什么时候提出要干一番事业的?"

"是在两个月前离开了那个公司时,详细情况我不知道。据他说,他得到了能够维持半年生活的失业保险金……我听罢心想,这小子又要换换胃口,改到哪个公司去工作了。可是其后不到一个月,说要自立门户,干一番事业云云,我不禁哑然失笑!"

"当时他曾向您要求提供多少资金了吗?"

"我不等他说出具体金额数字,就冷冷地一口拒绝,话就谈不下去了。"

之后他再也没有来找过您吗?"

"是的……据他母亲说,他每天坐着出租车,不是为找职业,而是为了他的事业到处奔波,好像喝了什么迷魂药似的。"

"还请问,二三子丈夫的姓名、住所、公司的名字。"

"住在市川的真间,租用一所破旧不堪的房子。二三子因未生育,就在附近一个公司工作……噢,您问我她丈夫的名字和公司吗?说出来怪吓唬人的:'日本化学药品株式会社董事长宫崎雄介',乍一听,令人难以想象那是一个有名无实的公司呢。"

我心里不禁"哟"地叫了一声,想起了刚才在"相爱"吃茶店见到的那个叫宫崎俊子的女人来。

但是"宫崎"是日本最普通的姓,可以简单地认为他们同姓宫崎纯属偶然。

"那么,宫崎先生是在什么时候来您这里谈土地问题的呢?"

"也是在一个月之前。"

"其后呢?"

"其后一次也没有见过。"

上松三男闭上眼睛,稍事沉默后又问道:"这恐怕是偶然的巧合,三个人都在一个月前和您不欢而别,其后却沉默至今。这其间除了这张信笺外,您还遇见了什么奇怪的事吗?

"有。大约从十天前开始，断断续续地我接到了奇怪的电话。"

"什么电话？是恐吓电话吗？"

"电话总是在凌晨两三点钟开始响起来。其后不定时地又响，严重时一夜响五次。"

"后来呢？"

"我被吵醒起来，拿起话筒，可是对方不说话。我直叫'喂、喂'，对方硬是一句话也不说。但是可以感觉到他的呼吸声，有时还听出掺杂着汽车或收音机的声音。对方一定是用公用电话……"

"难道一次也没听到对方开口吗？"

"是的……"

"如果是一次两次，那或许是对方拨错了号码或电话盘出了故障。可是接连不断地这样，那只能认为对方是要像使用闹钟似的搅得您不安宁，患上神经衰弱症。"

"是的。折磨了四五天之后，我也得出这样的结论。于是在睡觉时用毛毯把电话机包起来。因而这三四天内我不知道这样的电话来过没有。"

"您大概会想到对方因您不理他，又要采用什么新花招吧？这张信笺是不是对方迫不及待地耍出的一招呢？"

上松三男沉默下来。菊子没有回答却以哀求的口气道："上松先生……您能否让我见见墨野先生？"

"是呀……我也想在需要的时候把他拉出来……不过就目前情况来看，他也作不出什么关键性的判断。他很忙，因而我想在请他出来之前，能否自己先了解一下第一手材料。可是毕竟我不是专职侦探，再说，我也不能一个一个地找他们了解情况。"

"那么，我把他们三人都叫到这里来。"菊子断然地说道。

"这，您能做到吗？"……

"他们是一群饿鬼，一说要给他们吃的，定会争先恐后来的。可是我分文不给，只是装装样子而已……"

"但是，我们在场恐有不便，因此现在就得想出合适的借口来。"上松三男想了一下，又道，"这样办吧，我有一好友是律师。我去拿几张他的名片来，冒充他向他们三人了解情况。这样您就不必担心发生什么意外了。您就说我和村田女士是表兄妹。您一时难以处理问题，找村田女士商量，而村田女士也觉得自己是女人无能为力，就请我来帮助了……这样就能自圆其说。村田女士，您觉得怎么样？"

"好主意呀！"我高兴地回答。我已产生了非见见这三个人不可的一种好奇心。但如果只让我和菊子两个女人会见这三个危险人物，我颇有些畏惧。现在有上松先生和我们一起见，我就放心了。

"时间定在后天怎么样？分别会见这三个人要花一整天。我只有后天有空。"

"好了。我什么时候都行。至于他们，在这种情况下，即使天上下起冰刀也会赶来！"

事情马上定下来了：会见杉浦一郎、宫崎雄介和杉浦志郎的时间分别为上午十时、下午二时和五时。

之所以拉长间隔时间，是为了防止产生因会见的时间拖长而造成他们之间相遇的可能性。

最后上松问菊子道："说实在的，我是不打算问您这个问题。可是为了当好后天的'律师'，还得问。就是您有多少财产？"

"好的，我告诉您。我卖了以前住的宅子，除交纳税金，买下这个房子外,不过剩下一千万日元多一点,但这些足够我老婆子一个人生活相当长的时间了。至于土地,在东京都内和日吉有六千坪左右,以每坪十万日元计算,大概能卖六亿日元吧。"

菊子若无其事地说,而我不禁大吃一惊。

虽然地皮价格因坐落地点不同而异,但现在东京都的地皮,即便地点偏僻,每坪价格也都不下二三十万日元。六千坪土地,谁都会相信价值要在十亿日元以上。

另一方面,谁也都会相信,围绕这笔庞大遗产,至于发生两三起人命案件,也是不足为奇的。

上松三男一定也有同感,不一会儿,我和上松回到我的房间。上松一边呷着白兰地,一边以忧虑的口气道:

"她拥有如此巨大的财产,是个悲剧呀!这位老太太有这么一千万日元,就足够打发她的晚年了……在这种情况下,她最好赶快把钱花光,然后把土地卖掉。"

"是呀……说老实话,在这之前,我没有想到这个老太太原来是个亿万富翁。她每天吃得很简单,对于鱼和蔬菜的价格上涨,比我还敏感。记得她曾经对我说过:'身上的钱花光后,就把这个房子卖掉,去住养老院,孤身老婆子,活过了八十,就感到寂寞呀。'我当时完全相信了她的话。"

"这是一个拼命自我防卫的典型。作为第三者我不能不这样说。她对理应得到她遗产的那三个人,是恨之入骨的。按理说,人到这般年纪,把不能带到九泉之下的财产,拿出部分分给他们,至少能在一段时间内,保持相安无事……村田女士,如果我们这样劝告她,她大概不会接受吧?"

"我看是的。"

"不过,一般地说像这样年纪的人,都有一两个人是她盲目疼爱的。这大都是自己的亲孙子。可是因为没有儿女,难道也就没有这样的人了吗?能说这个老太太就没有自己疼爱的,只要经法律承认,就心甘情愿地把自己的一切转让给他的人吗?"

"这,我可不知道呀……"

"当然。可是……"

上松三男又拿起信笺道:

"(德语)ETN、ZWET、DRET,(英语)ONE、TWO、THREE,宛如合唱之前对拍子的声音。又好像魔术师在变魔术时的吆喝声。电视里有时可看到这样的场面:魔术师在喊1、2、3后,从礼帽里抓出一只兔子来。而在目前情况下,说不定是这样的:1、2、3——从什么地方要钻出死神来呢!"

四、令人恐惧的新发现

一般说来，上年纪的人会给人以"守财奴"的印象，谷口菊子看来也不例外。

第二天，细雨绵绵，我觉得说不定墨野会与上松联系什么事，因而从清早就在家边听音乐边等待着。十一点左右，谷口菊子拿着一大盒巧克力，敲门躬身施礼道：

"昨晚打搅不浅，实感抱歉。这点东西聊表微意。我给上松先生也买了进口威士忌酒，烦您转交给他，好吗？"

我甚感不安，婉言谢绝道：

"老太太，您不必这样客气了，我们不……"

可是，菊子竟然猜疑到我有什么担心似的说道：

"村田女士，您不必担心。在这种情况下，我不会把别人送给我的东西转送给你们。这是我刚才去百货商店买来的。里面绝对不会放进毒的呀！"

我直望着她。她腰板挺直，我从来没有见过她拄过拐杖。今天她一定是很早去商店的。当时雨下得相当大，即便租车去，也表明她的精力相当充沛。

可是，这样的回答却使我费解。一瞬间我怀疑自己耳朵是

否听错了,可是马上意识到,老太太多半是联想到那张恐吓信笺了,马上道:

"那么,我就不客气地收下了,您请进吧!"

"实在是打搅您了!"

她又两手扶膝深深地鞠了一躬,走了进来。

"下这样的雨您还特地去商店,实在是不敢当哪!"

我又稍稍放高声音道谢。这回菊子的回答更让我感到莫明其妙了。

"不,算不了什么。反正我已经是快入土的老太婆了。"

"老太太,您怎么说出这样的话呀?"

我睁大两眼问道。而她接着说出的话却似有道理:

"据说最近的雨,溶化了工厂烟囱里释放出的亚硫酸气体,因而变得像稀硫酸似的。过去我念女子中学在上化学实验课时用过硫酸,那是一种剧毒。现在这种剧毒从天而降,使外面变得十分可怕。可是我想赶快给你们买一点礼物,再说被这样的雨淋一次也没关系,就毅然出去了。"

"可是……即便是下硫酸,拿工资的职员也得去公司上班呀!再说,即便雨水里溶有硫酸,只要雨伞没有破洞,那也无妨……"

"是吗?可那毕竟是可怕的呀!过去有句俗话叫'春雨贵如油',雨中有风物人情,多么高雅,而如今的雨,就不像样儿了。"

菊子深深地叹了一口气。

"最近,在东京一年里能看到富士山的日子,已经寥寥无几了……而我孩提时,在故乡的富士山町,天气好的日子,多半都能看到富士山呢……

"的确,东京的空气污染可不得了呀!所以偶尔到乡下走一走，顿时感到空气新鲜，心旷神怡。

我适当地接她的话题谈，但看来她并不想停止她那悲愤慷慨的演说。

"这恐怕是因为人口过速增长的缘故吧！人口比我小时多了不知道多少。战前，日本人口不过八千万人左右，其中不少还是朝鲜人呢！而且当时日本人还可以随便到桦太、台湾、南洋群岛、朝鲜、满洲去居住。这些地方的面积比现在的日本要大几倍。不，不仅满洲，整个中国大陆，战争时日本人也还可以去谋生。和当时相比，现在纯粹的日本人已经超过一亿，而国土反而比原来小多了，变得不好住下啦……"

我哭笑不得。战争时我是一个小女孩子，只朦胧地记得，世界地图标有太阳旗的地方很大。可是战争结束时，我虽还是孩子，却奇怪地担心日本列岛会被插上别的国家的旗子。

"可是，村田女士，要是没有这种硫酸雨的担心，您觉得怎么样呢？"

菊子又意外地提出这个问题，我不禁哑然失笑。她又接着道："……换句话说，空气中的亚硫酸气体变得比现在稀少多了。可是要做到这点，谈何容易呀！最近我因事去川崎，一天天气晴和，风平浪静，后来突然变得阴沉起来，顿时我感到喉咙疼痛，直想咳嗽，朋友说这是由于空气含有大量亚硫酸气体的缘故。那里的海岸，工厂密布，放出大量亚硫酸气体，致使许多人患上了当地的公害病——喘息。要能消除这样的公害，该有多好！可是这又绝非一朝一夕所能办到的呀！"

"要是能做到的话……"我随和一句道。

谷口菊子变得唠唠叨叨，我怀疑这是老年人所常有的偏执狂性格在作怪，或是她为了忘却那封恐吓信，而把思考力集中于这么大的问题上的缘故吧！

"怎么样？村田女士。"菊子眼睛闪烁着奇妙的光，从桌子边直起上身道，"据说空气中的亚硫酸气体，大都是石油中的硫黄燃烧后的产物。"

这样简单的知识我是知道的，因为报纸和周刊杂志经常报道。我虽是女流，对于演员或什么人的结婚、离婚等逸事，却全然不感兴趣，而对于文化讲座、新闻消息是非看不可的。

"那么，大概有把硫黄从石油中简单地提炼出来的方法吧？"

菊子用力地摇摇头。

"还没有……不过如果采用别的发电方法来代替现在以石油为燃料的火力发电，就可以大大减少石油的燃烧量。而且，如果电的价格比现在便宜得多，使用电当然比石油方便。譬如，用电炉就比用煤油炉方便卫生呀！……这样用电代替石油，石油燃烧得少了，空气中含的亚硫酸气体也随着减少了。"

是啊！这是有道理的……"

不仅减少了公害，而且节省下大批金钱。可能是我上了年纪的缘故，战时那个"一滴汽油一滴血"的口号，给我留下永难忘怀的深刻印象。当时，由于缺少石油，全国的大松树不断地被砍伐掉。据说用来提取松节油作为飞机的燃料呢。"

松节油——我突然想起孩提时曾听到过的这个名词。

可是她说了半天，还没说出所谓代替火力发电的是什么呢！

水力发电、原子能发电——这是目前已付诸实用的人人皆知的方法。可是水力发电必须建造大规模的拦河坝，这对现在的日本来说，几乎没有什么再可以建造的地方了。

至于原子能发电，有关人士宣称绝对安全。而附近居民唯恐发生意外，遭受放射能的荼毒，因而据说原子能发电事业颇难取得进展。

此外，还有地热发电、潮汐发电、太阳能发电等各种各样发电方法,可是因为需要具备特定条件,虽然从电视上曾听到,可是在一般情况下,上述方法无法推广。

"据说可以根据一种特别的原理进行发电,这种原理和迄今所有的发电方法,诸如水力、原子能、温泉热、海水潮汐等原理完全不一样。"

菊子这才挺起胸得意地说。其神情仿佛她自己的儿子或孙子发现了这种原理,即将获得诺贝尔奖似的。

我不由感到一阵不安。

"那么,其发明者是谁呀?"

"是一位在美国哥伦比亚大学毕业的,名叫津田宇吉郎的学者。他从大学毕业后,进洛克菲勒研究所工作过,他就是在那里完成这项大的研究课题的。美国有关大公司当然想出高价买下这项大发明,可是那位先生毕竟是日本人……他说他首先要把大发明用于祖国,于是回到了日本。"

"是您的老相识吗?"

"是这样的:我的亡兄有个情人,她的妹夫有个叫清原健司的堂弟。这位科学家是清原健司介绍来的。"

亡兄情人的妹夫的堂弟——这是乍一听弄不清楚的复杂关系,也可以说是这个老太太极为疏远的亲戚,因为看来是得不到财产的继承权的……

突然我心里"咚"地吓了一跳,我想到一件和遗产完全不同甚至相反的极为可怕的事情。

"那么,请问这位清原究竟是干什么的呢?"我间接地询问道。

"以前是'极东贸易'公司驻美国的联骆员,操一口流利英语,公司大概看上了他这一方面的才能。他和津田先生是在美国认识的。后来健司先生因病辞去公司工作,回日本疗养。就在他病已养好,正想重新找一个什么职业时,津田先生来拜访他了。"

"那么,清原先生把津田先生带来认识您,是为了给您介绍什么美国风土人情呢,还是请您提供研究费用呢?"

"提供研究费用!"菊子微笑地点点头。但她的微笑却给我以无限恐惧之感。她接着道,"于是我就想,即使有莫大财产,也不能带到那个世界去呀!我们家已经有了很好的墓地,将来我死了,让他们把我埋在那里就好了……仔细一想,我有几千坪土地,而最后只需一坪就够了。"

"这有道理,不过……"我沉陷于一种想象之中。

从法律上讲,能够间接地继承她巨大财产的当然是她妹妹的三个子女了。可是从昨晚的话可以看出,她对他们怀有刻骨憎恨。因而在她要在有生之年把全部财产变卖为现金,拿出大部分投到她认为有意义的事业上去。

尤其这种明治时代出生的老人,大都具有一种我们昭和时代生的人所无法比拟的强烈的"一切为国家"的爱国心。

当然,如果这是一项如其所说的划时代的独特发明,那是无可非议的。即使她倾注全部财产来支持的这项伟大发明,未能在她在世时造福于人类,她也会含笑瞑目的。

可是,这要是一项绝对不能实现的"发明"呢?

不,如果其"发明者"津田宇吉郎最初就清楚她的财产而进行诈骗呢?

这并非不可能。我甚至对自己的推理不寒而栗了。

"怎么样?村田女士,有关这个问题能否找墨野先生商量一下?"菊子意外地问道。

"什么?商量?"

"为了国家,我可以一文不剩地提供自己全部财产,住进养老院在所不悔。我死去的丈夫也会含笑于九泉。可是我对那位先生的话也有疑虑……"

"是啊！据您说那是一项空前绝后的发明，这必须请有关方面的专家进行鉴定的呀。"

"可是墨野是一个指导拥有各种各样科学技术人员的企业的神通广大的人。请他听听我的介绍，大概就能判断这项发明能否用于实践，能否应用于现在的日本，或者它本来就是一派胡言。"

"我想，他当然会答应的。"

我松了一口气。心想，这个老太太头脑还很健全，还有理性。

"那我就放心了。实际上，津田先生今天上午九点左右给我来过电话，约定下午一点来拜访我。因而请您陪我一起见见他们，可以吗？您是一个细心人，更能注意细节的问题……再说，您把会见的情况转告给墨野先生，将有助于他的判断。"

我经不起她的请求，终于同意了。

我被人称为"和气的美人"，是一个软心肠的女性，尤其对老年人更是如此。

她要我作为她的"秘书"参加会见，我苦笑着同意了。一个拥有十亿日元以上财产的老寡妇，雇用同住一个公寓的年轻寡妇作秘书，是不足为奇的。对我来说，也不是苦差事，无须印刷名片去东奔西跑，只不过应付这几个钟头罢了。

我就这样作为谷口菊子的秘书，陪她在她的房间里会见这两个人。

津田宇吉郎看来四十五六岁，身体很瘦，两个大眼睛熠熠有光，果然像一个从事研究的专家学者。

清原健司和我年纪相仿，有三十五六岁。到底是一个长期生活在国外的公司职员,衣冠楚楚,无懈可击,俨然一个绅士。他对我的问候过于恭维,让我觉得矫揉造作,但我将之善意解释为这是由于他长期生活在国外有一种尊重妇女的习惯之故。

我们稍稍闲聊一会儿后,菊子即道:

"津田先生,请您把您的发明再向这位村田女士介绍一遍,好吗?"

于是津田宇吉郎好像等待已久了似的,以热情的语气滔滔不绝地讲了起来。在将近一个钟头的介绍之后,我几乎不知所云。我听清的只是他的发现可以与超越牛顿力学的爱因斯坦的相对论相媲美,他的发电法是划时代的,它与迄今的水力、火力、原子能、太阳能、地热、潮汐力等所有发电法完全不同,是一种从外部不用加进能量的发电法。如果现在有五亿日元,他就差不多可建成小规模的这种发电装置。只要这种装置一建成,所有电力公司将为之瞠目而受到强烈吸引,因而仅靠出卖专利一项,就可收入高达数百亿日元。

"但是……五亿日元对于个人来说是一笔巨款,而大公司如果愿意提供这笔款项作为研究费,则无论如何都可以挤出来的。譬如'关东电力'还是什么单位的,和这样的大公司谈谈岂不是条捷径吗?"

我出于同情这位从某种意义上说是过于老实的老太太,想方设法拒绝津田宇吉郎的请求。我知道他们会说我这样做超越了常情,但我还是说了这些在他们看来是不利于他们的挑拨性的话。果然,津田宇吉郎听后"扑哧"笑出声来道:"当然,我见过许多公司的头头……他们要做立竿见影的生意,譬如想在现成的铁轨上开车而对铺铁轨则不感兴趣……他们对于小型的局部的发明,如对发电机的涡轮改造,还能听听。而对于一种打破常规的新概念,他们没等你说十分钟就说:'您的发明,我听懂了。等我们开会研究后给您答复。'其实不要说开会，一走出房间他们就会把刚才的谈话忘得一干二净的。我耗费十年以上的心血所完成的这项研究，不用十分钟就能理解，这样的天才，我以为整个日本也找不出一个来的。"

津田宇吉郎信心十足，侃侃而谈。但我却觉得他的话难以置信。那些专家们如此冷落他，大概其中有什么重大的原因。

"清楚了，我和村田女士商量以后再给您答复，请您等待一个星期。"

菊子大概认为这样无休止地谈下去，解决不了问题，于是干脆让他们先回去。

"就由你们俩决定吗？"清原健司探身问道。

"不……村田女士有一位叫上松三男的堂兄弟，是个搞企业分析的人，我想听听他的意见后再作决定。"

菊子果断地回答，令人难以想象这是出自一位七十五岁老妇人之口。两人相互望了望，津田宇吉郎道："那么，还得请您让我向那位上松先生介绍一下情况。只是又占用您老人家的时间了……"

"好了，您老决定后，请打电话告诉我吧。"

清原健司说罢，他俩站了起来。

当两人走出门后，菊子马上问我道："您觉得他们的谈话怎么样？"

我无法立即回答。他们的介绍有百分之九十九我不理解，因而不能发表自己的意见。

翌日上午九时半，上松三男按约来到我家。

"昨天，我一直在墨野那里。他的报告中确有少见的根本性出入，需要一星期或十天的时间修正。他要我转告您，这段时间无法拜访您了，请您原谅！"

一种惆怅的寂寞感掠过我的心头。我只好自我安慰：他如此专心于事业，比起那些整天无所事事、纵情享乐、挥金如土的男人来，要好上一百倍。

"这实在是件艰苦的事。就他一个人……要是有谁，哪怕就晚上在他身边照料，那他或许能减轻一些疲劳的。"

"是呀，我过去也是这样想的。可是……"

可是因为这是个微妙的话题，上松三男垂下眼帘低声说罢，马上抬头问道："可是，那个老太太最近怎么样？"

于是，我将昨天见到那两个人的经过一五一十地告诉了他。他始终皱着眉头听着。

"恐怕墨野的看法有道理……昨天，因他很忙，我只将这个问题的要点告诉给他。谁知他表现出极大的不安。看来这不无道理呀！"他吸了一口气，又接着道，"墨野先生认为，一个七十五岁的孤寡老太太，拥有亿万财产，围绕着她的财产问题不出事才怪呢。当然，能不能发生人命案那是另外的问题……从现在您的介绍，我可以断定，这两个人的所作所为，纯属进行诈骗。"

"那么，就是说他们的所谓新发明是假的喽？"

"这样的事情，无须墨野电子计算机式的头脑，我就可以判断。"上松三男又笑道，"的确，公司的技术负责人是不会听他讲十分钟以上的。不需要水力、火力、原子能以及其他一切能量的转化就能发电，这简直是天方夜谭。从物理学的观点来看，这种装置是一种'永动机'，而'永动机'已被物理学最基本的原理给否定了。科学是奥妙的，曾经有过牛顿的力学原理被爱因斯坦的相对论所否定的事，但与此相比，否定永动机的原理却是另外的一个物理学问题。"

"可是……"

"您是想说,科学的进步是没有止境的吧?当然我也承认,在所有科学领域里有可能产生重大的发明……不过,所谓发明,那是因为过去没有被证明是不可能实现的。它和一开始就已被证明完全不可能实现的'永动机'是两码事。"

老实说,我也听不明白他的这种解释,但我对他这种坚决果断,颇感兴奋。这样一来,大概他能阻止住老太太拿出五亿日元给他们了。

"如果那位先生果真是美国大学毕业,又在洛克菲勒研究所工作过,那大概不会不知道物理学最简单的原理吧!因而从善意解释,他是精神不正常,从恶意解释,他就是一个觊觎他人巨款的骗子。两者必居其一。至于把他介绍给老太太的清原健司,恐怕对物理学一窍不通,他也有可能被津田宇吉郎蒙骗……不过我直感到他们狼狈为奸,企图骗走老太太的几亿日元。分掉骗来的巨款后,他们会说研究失败以了事。"

我不由叹了一口气。说实在的,昨天我见到他们时,就无端地直感他们两个可能是同谋诈骗。

上松三男从我的脸色,好像推测出我的想法。

"您也怀疑上他们俩了吧?可是他们的手段也太不高明了……要是他们把所谓的'新发明'说成是治癌的特效药,也许有可能得逞,因为那还未被科学所证明是不可能的。不过我现在也想听听他们的话了,说不定他能找到资助他的人呢!"上松三男叹了口气说。

"那么,这两个人和那封恐吓信有什么关系吗?"

上松三男点上一支烟,摇摇头道:"我想大概没有关系……如果清原健司想要弄诡计,从老太太身边骗走钱,而他既无遗产继承人,却又要达到目的,那必须让老太太活下去,从这一点来看,他和我们今天将要见到的三个人是处于恰好相反的立场的。难道不是这样吗?"

五、第一个嫌疑者

这时,菊子来电话问,杉浦一郎已按约定时间来了,她该怎么办?

上松替我接过电话回答道:"我是上松,我们现在马上去您那里。您大概还没有对他提到我吧……那很好……我昨天所说的那位当律师的朋友,出差去外地了,我无法取得他的名片,因而我今天只好以律师上松三男的名义和他谈话。不过我拿不出名片来……"

放下耳机,上松立即在烟灰碟上揉灭香烟,站了起来。

"村田女士,我们现在去会见第一个嫌疑者。"

大概我听到"嫌疑者"三个字,表现出一种吃惊的神情,于是上松苦笑地辩解道:"说他是嫌疑者可能过分一点。墨野也批评我好夸张……不过,那封信是地地道道的恐吓信呀……"

两分钟后,我们来到菊子家和杉浦一郎首次见面了。

可以用一句话来形容杉浦的长相:哭丧脸的猴子。他面色通红,更使人加深了这种印象。在和我们寒暄时,嘴里喷出令人讨厌的酒气。

我是一个好酒的女性,没有资格对别人的这种嗜好说三道四。不过,人家是叫他出来商量有关他办事业的资金问题的,在这样重要的时刻,何况又是上午十点以前,却满嘴酒气地出现在客人面前,至少可算是一个粗心人。倘若有一个本来对他怀有相当好感的资本家,现在看到他这副吊儿郎当的模样,也会立即改变主意,把打算掏出钱包的手缩回去的。

上松也好像对杉浦一郎这副形象颇为反感,寒暄毕即不客气地问道:"看来您是相当好酒的呀?"

"是的。我能一次轻轻松松地喝一升。有句名格言:'不喝酒也攒不下钱……'"

"是呀,能轻松喝一升可谓海量,不过,您是从早上就开始喝上了?"

"不,今天是例外。因为姨妈说要提供资金,我十分高兴。为表庆祝之意,喝了一瓶啤酒来的。"

我总觉得从他的醉相上看,不像是只喝了一瓶啤酒。这时菊子听了他的话,好像感到厌恶似的板着脸道:"一郎,你可别这样说,我还没有答应你什么呢!我只是说,请上松先生听取你的意见之后再考虑,你可不要自以为是!"

"对不起,上松先生听了我的介绍后,一定会认为我的事业是十拿九稳的。"

上松三男慢慢地点上一支烟。

"那么,您打算办什么样的报纸?有样品吗?"

"有……"杉浦一郎从皮包拿出一张报纸,其尺寸和普通报纸一样,好像是一份,分上、下两个版面。

"是每天出版的吗?"上松好像初次见到这样的报纸,他斜着头,报纸的内容连看一眼也没看。

"不,现在每周出一次,等走上正轨后,每周出两次,再增加到四个版面。"

"那么，每份卖多少钱？"

"这不是赛马的新闻预告，而是专门行业的报纸，因而不零售。报纸的固定读者，多为街道小电器修理铺老板这样的人。每年从他们每人那里收取预订费一万日元。一年五十二个星期，五十二份，外加临时副刊，一份平均二百日元。"

"可是，我这样说也许……像这样预交一万日元的订户，现在有多少？"

"看来您对报业界的情况不熟悉，所以提出这样的问题。我过去工作的报社，发行一种通迅报纸，和这个版面一样大，每星期发行三次，预订费为一万二千日元，拥有将近四千订户。"

"噢，竟然有这样的事。"上松三男长叹一口气。

"而且，广告收入不可小看。如报纸办得好，光广告费就可绰绰有余地支付职员工资和从纸张到印刷的所有费用，因而预订费全部可以节余下来。"

"是吗？那么您过去所在的那家公司，每年光纯利就可达四千万日元以上啰！？"

"这绝对没错！那个公司的内部事情我了如指掌。"

"另外，请问那个公司创立了多少年？公司职员有多少人？"

"据说战后是由经理一家创办的。有二十年的历史了吧！我离开那里时，职员共十六人。"

"是呀，那样的报社，编辑室和营业部就得分别需要几个人。加上经理和其他就得十个人以上……那么，您未来的公司开张时需要多少人呀？"

"我们既然独立干，就不能次于他们，我已经通过广告募集到十六个人了。因为我们给的工资比别的公司高得多，加上有良好的福利设施和其他条件，所以能募集到相当优秀的人才。"

"可是，最初十六人……您所说的福利设施都有什么呢？"

"譬如，已经订购了一套棒球器具，用五十万日元在热海信州一带预租了一个团体用别墅。以后每次只要交纳普通旅馆的便宜住宿费，就可让十个人在那里度假。这样的福利，那个公司是没有的。"

"看来您对职员们还是很关心的呀！"

上松三男望了一眼名片："这个公司的地址四谷三丁目的'长野楼'，想必是借用的了，面积多大！"

"八坪。"

"怎么？才八坪？"上松三男睁大眼睛反问道，"也就是才十六铺席宽①了。每人平均使用面积不过一铺席宽。要是放进办公桌，那怎么办公呢？"

"上松先生，您么怎连起码的常识也不清楚呀？"杉浦一郎从鼻子里发出笑声。

"名片上写的不过是所谓创办伊始的办公地点罢了，因为没有立足之地就无法开展工作。那附近有个叫'土屋楼'的，我们早就提出要借那个楼的整个二层使用，面积三十坪。下星期将办公桌之类的东西搬进去，正式开业。而现在的办公室将作为存放资料的仓库。我们这样安排可谓有条有理呀！"

"对，我问得太轻率了！"上松三男苦笑道。

"我们还和纸店、印刷厂都已谈好。并且预购了两部汽车，所募集的十六人中包括两个司机。现在已万事俱备，马上就能开业。"

"还请问，最初的资金，您已准备了多少呀？"

"我的朋友，即副经理福地孝雄君已准备了一笔两千万日元的资金，预定下星期一拿来。有了这笔款我们才能马上开张。"

---

① 十六铺席宽：即可以铺十六块草席的度宽。

"对，那么，您希望这位老太太提供多少资金呀？"

"有了福地君提供的两千万日元，最初的三个月，没有预订户，也能干起来，但这样的事业，在最初的两年，即便出现赤字也得坚持干下去，所以姨妈如果能投资一亿日元，那资金就足够了。当然，最初几个月过去以后，每月就能获得一些利润……如前所述，事业走上正轨之后，可望一年间获得纯利三千万日元，足够分红的了。"

"可是，作为律师，据我所知，这位老太太手头没有多少现金。"

"这我知道……姨妈只要把某地的不动产借给我，我就能凭此借到一笔钱。有这样确确实实的担保，明天就会有人提供资金给我。"

"那大概是高利贷者吧！银行或是信用社这样正规的金融机关，对于担保物品的调查是慎之又慎的。'明天就……'这样的事，绝对是没有的。"

"对不起，是我措辞不当，失言了。"一郎老实地低下头。

"谁都会因不小心而失言，这是无可指责的。我还要问，您过去有没有向高利贷借过钱呢？"

"没有。不过像分期付款购买电视这种形式的借款有过……这次的两部汽车，就是采用分期付款购买的。现在人们对用这种方式购买东西已习以为常了。"

"像这样先购买东西而后分期付款，最近已不被列为借款之列了……现实是，还没有到手的钱，不能说十拿九稳。你的朋友将提供两千万日元，是绝对可靠的吗？万一拿不到这笔钱，您将怎么办？"

一瞬间，杉浦一郎如酒醉初醒，脸色刷地变得苍白。这个问题对他产生多大触动，我一目了然。

"绝对有！我和他是莫逆之交，我了解他的为人，他是很可靠的……要是没有希望得到这笔钱。我是决不能干到这一地步的。"

他好像是自言自语，从其表情之变化，我看出，他本人对能否得到这两千万日元也是惴惴不安，因而一旦被人一针见血提及此事，就像泄了气的皮球。

"是吗？既然如此，那很好！有关请您姨妈投资一亿日元的问题，我们要在您事业开始以后，观察两个月再说。届时我们再商量是否请您姨妈投资，投多少钱。"上松三男果断地说道。其口气仿佛是他掌握着是否投资的决定权似的。

"好的。那就请您多多关照了。"一郎回答道，脸上明显流露出失望的神色。

"另外，还请问您对电气方面很有研究吗？"

"不，我是私立大学法律系毕业的，对电气等技术方面的知识知道不多，但这对我办报纸不会有多大影响。"

"不过，一般的常识，您大概知道吧？"

"嗯。那也是很普通的。"

"那么，请问您知道最近德国制造的四个喇叭录音机吗？"

"……"

"现在的立体声录音机是由左右两个喇叭发出声响的，而四个喇叭录音机，是把一、二、三——四个喇叭分别安放在房间四隅，使其更能产生立体声感。据说这是继彩色电视机之后，电器公司之间的一项竞争产品。"

我不由得感到一阵惊慌。因为上松在这些话里，编进了那封恐吓信的"一、二、三——死"，以观察对方反应。

一郎掏出手帕，擦着额头上的汗珠。

"这种产品我听说过。不过还处在投放市场前的阶段，我想嗣后作一番详细的调查。目前我被开办报社的事忙得晕头转向的……"

"是吗？"

上松三男停止了这方面的追问，改问职员的工资、办公房的租金、纸张费用和印刷费等细节问题。

我对这些有关琐碎数字的问题不甚知道，也不感兴趣。一郎边擦着汗边回答，常常语无伦次，所答非所问。可见上松的追问非常尖锐。并且由此也可看出一郎的所谓计划是相当粗糙的。

六、第二个嫌疑者

第二位嫌疑者宫崎雄介两点准时来到,他看上去年过五旬,外貌酷似苏联的赫鲁晓夫,秃顶,大腹便便,颇有气派,但给人以老奸巨猾的印象。不过,从他那掉了两个门牙的洞还完全没补上这一点,可以推测其手头不算宽裕。

一见面,上松三男就声明自己碰巧没有携带名片。可是宫崎一本正经地掏出记事本,问道:"是吗?那么,上松三男是怎么写?电话号码呢?"上松告诉他后,他马上记下。上松好像一上来就挨了这家伙一鞭子似的,紧绷着脸。

"对不起,我可从来没有听说过日本有个'日本化学产品'这样的公司,有多少资金呀?"稍感不快的上松以讽刺口吻触及到这一重要问题。

"一亿日元。"宫崎雄介挺着胸脯回答道。这使我颇为吃惊。拥有一亿资本的公司,在报纸股份栏内公司名单上虽然还排不上号,但可算是相当大的公司了,至少不能把它列入经理兼跑腿的光杆公司一类。

但是此时我想起报纸上时常出现的这样奇妙的广告:愿将资金一亿日元的公司以三百万日元作价转让。

这样的公司不会有什么财产，当然也不会有很多债务，否则不会有人接受这种转让。因为新建立公司除了各方面的费用外，还必须在银行里存有一亿日元的保证金，这是许多人难以办到的。所以有人宁愿花上三百万去买这种'名存实无'的公司，以得到社会的承认和信用。即使是这样，宫崎开头的一席话已暴露了他那投机的性格。

我仍在默默听着。上松三男当然一下子难以看出我一个女人已经注意到这件事了。其后，他的追问相当尖锐。

"一亿日元的资金是一个庞大数目呀，那么请问公司有多少职员？是制造什么产品的？"

"对这个问题，我必须解释一下。"

宫崎雄介苦笑道："本来公司是我一个朋友的，我一直是他的顾问，其业务主要是从国外进口化学制品出售，职员共有三十人左右。但我的朋友去年突然因脑溢血去世……他无儿无女，太太又年老多病。经理去世后，公司只好进行清理。首先干脆将所有职员辞退，这样一来，公司成了名存实无的了。当时我正计划要干一番大事业，就请经理太太把公司便宜作价转让给我。因此，公司名字和我要办的事业，实在不相称，我打算在适当时机把名字改一改。"

他的话无懈可击。只是和前经理夫妇的关系，还有可疑之处。

"那么，您举办的新事业是什么呢？"

"这是一个包赚钱、前途有望的事业：办高尔夫球场。"

"高尔夫球场？"

上松三男斜着头反问道："为什么说包赚钱呢？"

"先生，您大概没有打过高尔夫球吧？"

"有人约我去打，但我对体育运动不感兴趣，我不会打。"

"是吗？那我要说这是很遗憾的了。怎么样？您还是和那位朋友去玩一次高尔夫球吧，哪怕您觉得他是骗你去的。您只要玩一次，您就会喜欢上它。而且一旦喜欢上它，就像得了单相思一样，干什么事情都会想到它……"

上松三男露出困惑的神情。

"你知道吗？据说专家们推测，五六年后进入八十年代，打高尔夫的人将要增加两三倍。现在最高级的高尔夫球场的会员券一份为一百万日元左右，若干年后超过一千万日元就不算稀奇了。由于高尔夫球是一种令人一旦玩上了瘾，就到死也停不下来的活动，再加上高尔夫球场的数量由于土地的关系，一时难以增加，因而根据供求关系法则，会员券的价格将不断上涨。所以现在确是修建高尔夫球场千载难逢的好时机。"

"是这样吗？可是建一个高尔夫球场好像需要十亿日元左右的巨额资金呀！"

上松三男的确对有关高尔夫球的问题缺少常识，他好不容易提出这一问题，可能因为心理作用，觉得这问题对于对方没有什么压力。

"这算不了什么。只要最初有一笔钱就可以先搞起来……首先必须物色到土地，与土地缔结契约。之后在报纸上登大幅广告，发行小册子，广泛宣传募集第一批会员。"

"一个会员收费五十万日元，如能募集到一千人，就可筹款五亿日元。这笔钱足够购买所需土地之用了。"

"那么，光这伍亿日元还不够吧？"

"所以才必须募集第二批、第三批乃至第四批会员。而对每个会员的收费要随之增长为六十万日元、七十万日元、八十万日元。如果每批募集一千名会员，则可拿到六亿、七亿、八亿日元，总额为二十一亿日元的巨款，除了建一个高级高尔夫球场外，扣除运输费，还可得到几亿日元的纯利呢!"

"是吗？也就是计划进行一、二、三、四——四次募集会员，以获得二十六亿日元的资金啰！

上松三男一面故意屈着手指数着，一面以尖锐的目光注视着宫崎雄介。当然这是上松有意引用对方的话，说出恐吓信中的数字，以观察对方的反应。但是，我没有看出雄介表情有何变化。

"当然，第四批募集会员大概是几年以后的事了。而我的计划是明年建成高尔夫球场……两批募集到的会员大抵就够用了。"

"那么，刚才您说的'最初一笔钱'是用来干什么的？其数量是多少？"

"高尔夫球场的用地面积广大，一般来说，有十个以上的土地主。当选择到合适的地皮时，必须预付给这些土地主们订金。另外，要取得他们的信任，还要用重金邀请政界中有势力的人参加到发起者行列中来。譬如，要是有一个地方上的国会议员作为发起者中的一个成员，那将有助于我购买到大片的土地……总之，初步的开销，粗略计算，需要一亿日元。"

"有道理……不过，即便一亿日元也是一笔巨款，您将如何筹措呀？"

"这就得请姨妈帮助了。"宫崎雄介咳嗽一声，干脆利索地说道。

"您竟然要这么多钱！您的姨妈可没有这么多现金呀！"

"不，有关这方面的事情，我比先生知道得详细。"宫崎雄介脸上现出狡黠的微笑。

"怎么样？姨妈，八王子火车站附近的五百坪土地，您估计每坪能卖多少钱？"

菊子满脸不高兴地答道："据说四十万日元。"

雄介听罢以得意的神情望着我们道："那就好了。那个地方是商店街的延长，我已经找到每坪愿出六十万日元的买主。这样那块地大致可卖三亿日元，比姨妈所估多卖一亿日元……如果我请姨妈提供这一亿日元作为最初的资金，这大概不算过分吧！"

他能如此巧妙地见缝插针，令我佩服得差点儿叫出声来。菊子虽然没有告诉我们她是以什么借口把这些嫌疑者引来的，但是从她说"要给他们吃的"话中，可知她一定说了一些令他们感兴趣的话。甚至还可简单地想象她编造让上松和我参加会见的借口，譬如：让上松先生和村田女士听听你们的意见，如果他们同意的话就如何如何等等。

所以，今天宫崎雄介最大的目的一定是说服我们。另外，也可能我未经深思熟虑，总觉得宫崎所说的无论办高尔夫球场的事，还是要求老太太提供资金的事，是有一定道理。

"您这是好生意呀！"

宫崎雄介现在变得笑容可掬了。

"上松先生，您是否能加入我们发起者的行列！"

"我……为什么？"

"您是一位律师，在社会上很博得人们的信任……我或许明天去拜访您，请您告诉我您的事务所地址。"

"实际上……在这之前，我在地方上担任检察官。最近退职刚回东京，是所谓'退职检察官'，所以现在还没有独立的事务所，只好暂时借用朋友的事务所，因而也可以说是毫无名气的'候职律师'。把我的名字和国会议员先生的名字一起摆在发起人的名单上，岂不大煞风景吗？真不敢当，不敢当呀！"

我一时紧张得直冒汗。上松三男想必也很紧张，但是他在关键时刻，想出了颇能说得通的脱身借口。可是雄介似要"射将先射马"，并不罢休。

"先生，您不必有什么误会，请您当发起人，不等于要求您投资，我可以把会员券无偿奉送给您。此外，我还打算付给您酬金呢！"

"不，这不是金钱的问题，是……信念和人生观的问题。"

"那么，是不是您像我姨妈那样，无故厌恶高尔夫球呢？她大概忘不了日本战时把高尔夫球场改种田地的事，总是说，那么大片土地，即使种上马铃薯，也是对国家有好处什么的。"

这时，门铃响了，菊子离开座位去开门。被雄介这么一说，上松变得更为尴尬。

"不，不是喜欢不喜欢高尔夫球的问题。无故接受别人的钱，这不符合我们法律界人士的信念呀！"

"是吗？那就请您在我们公司开张走上正轨以后，担任顾问吧！届时接受我们的酬金，那就受之无愧了吧？"

"以后再谈这个问题吧！另外，我还想问一些其他问题。"上松三男为了岔开他那难堪的纠缠说道。

这时，菊子从门口回来说："没什么，是一个卖化妆品的商贩。"然后坐到自己的位置上。于是上松三男提出第二个问题了。

"关于办高尔夫球场的事，看来行得通。不过，因我是外行人，现在无法发表任何意见，我还得作一番调查……然而，白手起家搞任何事业，能否成功的一个重要条件，是要看主要创办者过去的经历能否取得社会的信任。所以请您谈谈您过去的经历，怎么样？"

"老实说，您真是触到我的疼处了。"雄介说着轻轻地低下了头。他那出人意外的坦率态度，令我感到奇怪。

"大约十年前，我在一家电影公司工作。提起那家电影公司'东京映画'来，现在知道它的人已不多，可从前却是屈指可数的六个一流大公司之一。其最鼎盛时期，甚至有过四成分红的月份。在日本电影史上，它还留下一些电影杰作咧！"

"我知道那家公司。它的摄影场好像设在世田谷的成城附近，记得是在一九五五年倒闭的。"上松三男接着话茬道。

"您记得很清楚呀！当时我虽是新手，却担任编导。这个公司倒闭以后，我宛如离开水的鱼提不起精神来。而且由于长期在电影公司这种较自由的艺术部门工作，已不适应每天九点上班，从早到晚地坐在办公室里的工作了。后来我又到另一个艺术部门工作，谁知它不久也倒闭了。从那以后，我又改变了几次工作。当然，都不是担任董事之类的重要职务。总之，因为时运不济、命途多舛，五年间换了五次工作。这在世人看来，我是没出息的人，当然也就对我不甚相信了。"

"……"

"嗣后至今这三年，由于债台高筑，我吃尽了苦头。把房子也卖了，连妻子也不得不经营美容院以维持生计。而我自己也当起不动产的经纪人，以赚些钱偿还债务。我至今仍认为对于一个既无资金，又无特殊才能的人说，要想在短短几年内赚到一笔钱，干不动产经纪人是最为合适的了。"

"……"

"就像上松先生所说的，社会的信任对一个人来说是至关重要。正因如此，为了消除因不断失败而给人们造成的坏印象，几年来我做了不懈的努力。但遗憾的是，我没有取得令人瞩目的成果，我也是没有办法的。"

"……"

"怎么样？上松先生。您长期担任过检察官，现在又是律师,因而会很理解一个人在漫长一生中,可能因为什么原因会犯下什么罪的,可是以此即断言他已不可救药,我认为这是不对的。"

"是的。您说得有道理。"

"对于一个犯过罪已改过的人,尚且要宽容,那么对我这个有生以来从未给警察找过麻烦,连可能犯罪的因素都丝毫没有的人,那就不用说了……这样看来,我过去的经历又算得什么呢?"

宫崎雄介的确能言善辩。他的话令人觉得逻辑性强,条理清楚。在近一个钟头的时间里,上松三男在谈话中始终居于被动位置。

可是,当宫崎雄介离去后,菊子道:"上松先生,他那滔滔不绝、夸夸其谈,令人惊叹不止。这大概是因为他曾在电影界混过的缘故。听过他谈话的人,无不佩服他那三寸不烂之舌。可是他是言行不一的人呀……如果我听信他的话,给他一亿圆,您瞧吧,不用两个月,他就会把钱花得精光。他不是把钱花在高尔夫球场上,而是投到赛马的赌场上。到头来,他又会到我这里说,土地的主人嫌预付订金少,还要我出一亿圆的……"

我觉得,菊子的话把宫崎雄介伪装起来的本性赤裸裸地揭露了出来,身体不由打了一个寒颤!

七、第三个嫌疑者

杉浦志郎面目狰狞，令人可怕。

人称"拳击志郎"的他，可能由于长期的摔打，身体健壮，肌肉发达。可是他脸色铁青，这恐怕是由于长期被拘留，缺少日照的缘故。尤其惹人反感的是他那令人不放心的、自古被人认为是叛逆者的"尊容"：两颊高高鼓出，三角眼，两眼充血，眼球显褐黄色，像条老蛇似地闪烁着磷火般的光。更有甚者，他身上笼罩着一种普通人所没有的令人恐怖的杀气腾腾的气氛。

我直感写恐吓信的可能就是这家伙。

"您现在干什么工作？"

上松三男问道。杉浦志郎以嘶哑的声音道：

"刑务所的生活毁了我的身体，现在暂时闲着，请医生看病。当然我不想这样下去，等身体恢复以后，找个什么事干干。

"您想干什么工作？或者……"

"如果条件许可，开一间小吃茶店还是什么的，老老实实生活下去。哈，哈，像我这样有三次前科的人，难以找到工作呀！！"

"有道理。开一间吃茶店或许是行得通的。即便不是大店，只要认真地办下去，还能糊口……实际上你姨妈十分惦念你。你不需要多少资金，她也并非不愿提供的呀……"

开办吃茶店，其金额由店铺大小及店址而定，但不需大笔资金，有几百万圆就足够了。这和另外两人所需的一亿圆相比，微乎其微。对于老太太来说，充其量不过拿出十坪土地罢了！

上松三男大概也怀疑他写恐吓信，因而为避免他闹出乱子，大概会说服菊子给志郎提供这笔资金的。

"是吗？要是这样，我就好了。我一定脱胎换骨，重新做人，希望你们关照。"志郎说着，恭恭敬敬地低下了头。

"你还没有结婚吧？"

"是的……"

"独身一人开吃茶店，恐怕难以支撑。你心目中有合适的人吗？"

"这，要是我觉得满意的话……"不知为什么，志郎对这个问题，回答得有点儿支支吾吾，"总之，像现在这副不三不四的样子，我也不想结婚……"

"还请问一个问题，你现在和'丰田组'的关系如何？这是你姨妈极为关注的。"

"我之所以参加那个组织，完全是由于年轻无知的缘故。背后说别人不太好……而像义雄君则是另外一回事了。他是一个很聪明的人，是接受暴力思想的影响，自愿参加的。不知道他现在跑到什么地方去了……"

"义雄君是谁？"

上松三男斜着身问道。菊子叹了口气，答道：

"是我哥哥的孙子。他的父亲佐川洋一是'东亚不动产'公司的常务董事，是个耿直、不受诱惑的人，不知道为什么他的儿子却是孬种。其实，义雄在上高中之前，是个品学兼优的学生。我就像对待亲孙子似地疼爱他。可是上了大学,他就变坏了……在保释出来后,就消失得无影无踪,不知他现在什么地方。"

她的声音有点儿抽泣了。

我想,上松前面说盲目疼爱的对象,是否就是这个佐川义雄呢?至少从菊子的表情可以看出来,他对佐川义雄的态度和刚才那三个人迥然不同。

"实在对不起,让您想起悲伤的事了。"志郎恭恭敬敬地低下头道。

"当然我要开办了吃茶店,就和那组织一刀两断。毫无疑义我要作一个正派的人……"

"很好。你要是再和他们保持龌龊关系,那是开不成店铺的。而且你好不容易有了重新做人的良好愿望,如果和他们保持来往,那是和你的愿望不相符的。如果说二三十岁时的错误是由于自己年轻无知造成的,那么,三十岁以后,就不能重蹈覆辙了!请问你是哪一年出生的?"

"一九三六年。"

"那么今年三十……一、二、三、四、三十四岁了。"

上松三男故意屈指数起来。这时,志郎浑身哆嗦起来,脸上突然流露出可怕的神色。

"怎么啦?什么事情使你感到吃惊?"

"不……没什么……"

"可是,你的脸色都变了!当别人谈到自己年龄时,显得如此恐惧,是一般人所难以设想的……"

志郎低下头,难堪地沉默了一会儿后,才抬头说道:

"对不起,我想到一件可怕的事了"

"可怕的事?是什么?"

"实际上,我前天接到一封奇怪的信,信封内只一张信笺,上面用德语写了几个字:1、2、3——死。我虽然不会讲德语,但这几个字我看懂了……"

上松三男用锐利的眼光看着他。

"噢……这确是封奇妙的信,可能是一种恐吓信。你能推测出来是谁写的吗?"

"我实在猜测不出来……当然像我这样经历,过去得罪的人不计其数……不过,如此转弯抹角地……总之,要是身体健康,对这样的信,我会一笑置之的……而现在健康大不如昔了,人变得胆怯了。"

说着,志郎掏出手帕擦额头涌出的汗珠。从他那种担心惧怕的神情,我看不出来他是在演戏。

过去我听一位律师说过,大部分的犯罪者都是比普通人胆小怕死的。不过,犯罪者有求于律师,那都是在他们即将或业已落入法网,成了嫌疑犯或被告而变得胆怯的时候。

但是,从现在杉浦志郎如此惧怕什么似的态度来看,真难以想象他是曾三次以使用暴力伤害他人罪被关进刑务所的人。

这时,我又想起当时那位律师的话:

"我年轻时,看他们那种担惊受怕的样子,心想,他们再不会第二次犯罪了。实际上,他们'禀性难移',又重蹈覆辙……犯罪者是一种特殊的人。"

"不过,你不必过于担心。"

上松三男现在反而安慰起杉浦志郎了。

"你犯了罪被关进刑务所,已经受到了惩罚。当然,被你殴打的强盗同伙,未必就此罢休。譬如他们的头头挨了你的揍,他的喽啰可能在你出狱之后还要进行报复……不过,你只是伤害了人,而不是杀害了人。要说对你有怨仇,那怨仇也不会太深。再说，强盗们要报复，也不会特地用德语写恐吓信的。如果这次你从刑务所出来之后，没干过坏事，那就不必担心了。"

我不知道上松三男的这一席话是否出于真心。他边说着，边在观察对方的表情。

"是吗？经你这样一说，我就放心了。"

说着，他额头又冒出了汗水。上松三男又询问了有关他过去犯罪的事。志郎似乎不太愿意触及，只作最低限度的回答。据他所说，第一次是因为争地盘，第二、第三次是因为借钱的问题而和人打架，伤害了对方。

老实说，这是一个四肢发达，头脑简单，被暴力组织的头头象工具似地耍弄利用的家伙。这是我对他的印象。

可能是精神作用，在谈话期间，原来笼罩在杉浦志郎身上的那股所谓杀气腾腾的可怕气氛，不知不觉消失了。

谈话进行了大约一个钟头。志郎走了以后，菊子从电冰箱取出冰镇啤酒道："上松先生，村田女士，你们先喝几杯啤酒吧！"

"谢谢！"

上松三男本来好喝酒，又经这么长时间"讯问"已经相当累了。他站着一口气就喝了两杯。

"上松先生，您觉得这三个人中，哪个像是写那封信的人？"菊子边给上松倒第三杯啤酒，边担心地问。

"嗯……只要对方不爽快地坦白，一时看来难以得出结论……"上松三男慢慢地点燃了一支烟。

"不知为什么，我一见到志郎君，就觉得他写的可能性最大。这或许是我戴着'他有前科'这副有色眼镜的缘故。当时我脑海里一下子闪过一种想法：这家伙有什么不可告人的动机，正在预谋一种可怕的事吧？可是，他的要求比另外两人却少得多，而且很有情理，尤其当我暗示1、2、3、4时，他坦率地说出收到类似的信件之事。从当时他的态度，我看不出他会在写了那封信后，觉得现在将要达到目的了，又假惺惺地表演一番……"

上松的看法，正和我的一样。

"而另外两人恰恰相反。当我说出暗语时，他们毫无反应。从道理上分析，他们有以下三种可能，即：1. 没有接到类似的信；2. 接到类似的信，但因不懂德语，置之不理；3. 两人之一写了那封信。村田女士，您说对吗？"

"我也这样认为。"我赶快附和说。

"假定他们两个人没有接到类似的信，那就产生这样的疑问：为什么有人光给老太太和志郎写信呢？从这方面看，好像志郎君在演戏。可是……"

上松三男稍沉默一会儿，又这样说："在目前阶段，我为未能发挥更大作用，深表歉意。可是，即便是墨野，恐怕也不能得出比我高明的见解。"

我觉得他言之有理。墨野虽然具有计算机式头脑，但毕竟不是神。凭现有的一点材料，他也无法作出什么判断。目前令人想到还是占卦为妙。

"是的。上松先生您说得没错……可是我该怎么办呢？"

道理和感情是两回事。菊子虽然对上松的话表示理解，但内心的不安，却无法消除。

"愿意听听我的忠告吗？"

"好的……先生是位令人一见就感到可以信赖的人。我一定照先生吩咐的办！"

"首先，尽快地给志郎君提供资金，让他开办吃茶店。当然前提是让他和可靠人家的女儿结婚……这样的人家并非难找。

关于宫崎雄介先生办高尔夫球场的事，因我对此问题是门外汉，以后还要向有关朋友了解。无论对宫崎先生的资助还是对杉浦先生的资助，并非一回可决定的。如果能提供给他们所要求的钱，就可以在某种程度上防止危险事态发生。当然，这是在写信者在他们三人之中这一前提下采取的措施。"

"知道了……"

"总之，经过一个星期，就能看出他们能否办高尔夫球场和报社了。届时，墨野先生或能抽出时间，帮助一下。"

"知道了，请予关照！"

"还有关于向津田宇吉郎提供资金研究所谓无动力发电机问题，这是村田女士告诉我的。请您一分钱也不要给他！"

"为什么？这样一来，我再不能为国家干件什么有益的事了！"

菊子脸上浮现出一种像是依恋不舍，又像遗憾的表情来。

"我不必谈深奥的道理了。那种所谓研究，绝对不能实现。这是已证明了的，就像说评书的人所说的，太阳从西方出来，天会塌了下来那样，完全是胡说八道。要是上了那诈骗师的当，拿出几亿圆作为他所谓的研究费，是极为愚蠢的事。"

"知道了……"菊子低头答道。

这时，盛着满满的寿司饭盒送了进来，谈话到此结束。

八、"四日之内杀死你"

吃饭间,三人闲聊一阵,没触及什么深刻问题,只是饭毕,端出水果时,上松三男才问道:"老太太,您真的不知道佐川义雄的去向吗?刚才因谈论别的事,我不好从旁插入这问题。"

"他在日比谷高中毕业时成绩优秀。要是那时进东京大学学习,就不至于堕落下去了。只是后来交上坏朋友,被引上了歧途……具体情况我不甚清楚,只知道他在前年的成田机场事件中负了伤,被机动队抓去,第一次离开了家。正当以妨害执行公务罪被起诉时,家里人把他暂时保释回来。谁知在审判前,他竟销声匿迹,迄今杳无音信。"

"他属于哪一种势力?"

"那些恐怖分子有各种各样的派系和组织,我一个老婆子,怎么知道呀!"

"有道理!老实说,我对于这些暴力组织的派系,也全然不知。那么,先不谈他属于什么系统。他是不是他们一伙中的头头?"

"义雄这孩子头脑好,身体也很健壮,能说善道……在正常情况下,上了大学,毕业后到什么公司去工作,一定能出人头地的……"

"也就是说他具有当头头的素质……那么,您在他离家出走以后,一次也没见到他吗?"

"您怎么提到这个问题呀?您是怀疑这孩子和这次的信有什么关系吗?"

菊子身体微微颤抖起来。可能是因为谈到这位自己疼爱的青年过失,她就像触动伤口似的感到疼痛吧!

"我还没想到他和信有什么关系,只是对刚才志郎为什么很不自然地提到义雄,感到其中似乎有什么缘故。再说,那种地下恐怖组织的成员,是没有正当收入的。何况义雄如果是头面人物,他不仅要解决自己衣食问题,而且要关照部下同伙,至少要让他们能维持温饱。这就必须搞到钱。可是这并非容易的呀!

"那么,言外之意,您是觉得我在暗中借给义雄钱吗?我绝不会这样做的。"菊子断然地说。

不一会儿,我和上松回到我的房间。我们喝着白兰地。

可是不到三十分钟,门铃响了。

是谁呀?我开门一看,是谷口菊子。

"是您呀,老太太。又发生什么事了?"

我不由睁大眼睛问。菊子是个办事很有条理,极懂礼节的人。每次到我房间之前,总要先打电话问我可不可以来……

"上松先生还在吗?"菊子急促地问道。

"在,现在正喝着白兰地呢……"

"能让我打搅他吗?"

"您请进来吧!"

我请她到客厅。上松一见到她立刻放下酒杯,站起来问道:

"老太太,有什么事?"

"电话……我刚才又接到电话。"

"究竟什么电话呀？"

"是一个不认识的男人声音。他说'杀死你，四天之内杀死你。'就'咔当'一声放下电话了。我真不知怎么办好呢！"

我和上松呆若木鸡地站着，你望我，我望你。如果说那封信是恶作剧的话，那么，这个电话肯定是恐吓的了。

"大家坐下来商量对策吧！"

上松三男先坐下来，将刚才剩下的白兰地一口气喝下去，又接连喝了几杯凉开水。

"您对这个电话的声音有印象吗，过去有没有听过？"

"没有……我想不起来。"

"那么，至少认为不是刚才那三个人干的？"

"是呀！要是他们，怎么改变声音，我也会听出来的。"

"如果说写那封信的是他们三人中的一个，那么，他对今天的会见一定会感到满意。虽然今天并没有答应他们的要求，但至少给他们一点希望了。因而难以想象在回去之后，会马上打来这样的电话。"

上松三男闭着眼睛，自言自语。可是菊子不等他说完叫道："先生，我该怎么办？我怕得觉都睡不好的。"

上松三男这才睁开眼，叹了一声。

"您每日三餐是怎么解决的？"

"因我是妇女，一般自己做饭。如有客人来，叫饭馆送或请客人到餐厅去品尝名菜……"

"那么，我请您在这四天之内，把自己关在屋子里，不要到外面去买吃的。有电话来不要去接；门铃响了，也不要去开门，您能做到吗？"

菊子长吁短叹了。上松三男以手按额道："当然，这是颇难做到的……但总不能请保镖来。真的，我也不知如何是好。"上松三男陷入沉思。

"老太太，您现有多少钱？"

约莫两分钟以后，上松奇妙地问道。

"有一千万圆左右，存在银行……"

"此外，手头上现款呢？"

"三十万圆。"

"三十万圆？"上松皱着眉头反问了一句。

"那么，现在您舍得花掉十到十五万圆吗？"

"这点，算不了什么。"

"那就这样办吧！您马上就到什么饭店去住五天。当然，房租有高有低，估计几万圆足够了。此外，从明天开始在您家电话机上安上录音装置，即把电话变成所谓自动值班电话。这样两笔费用估计要十五万圆左右。"

"也就是说，有了这种装置，譬如刚才的电话就会被录下来，当作证据了，是吗？"

"是的。只要按一下电钮……具体构造和原理我也不清楚，必须请有关技术人员来安装。至于操作则很简单，连小孩子都会。"

"我遵命。安装录音装置的事就得拜托您了。不过，我可从来没有住过饭店呀！"

"可是，您不是说今天已经无法在自己家休息了吗？"

"是呀，我是怕得不得了……"

"其实住日本式旅馆就可以了。可是从您现在的心境看，还是住饭店更放心些。您住在房间里，锁上门，除了扫扫地的招待员外，再不会有别人打搅您了。并且一流的饭店还设有日本式房间，房内放有彩色电视。再说，又可在房内用餐，因而没有什么不便之处……"

"……"

"如果还不放心,那我们现在就送您去饭店。即使此刻公寓外有人停车俟机,我也有信心甩开他。以后知道饭店和房间号码的,只有我和村田女士两个人。只要您不别人去电话,告诉您的地址,就不必担心有人会给您去电话的。再说企图暗害您的人,是绝不可能潜入您的房间的。"

"不过这是权宜之计,四天以后又怎么办呢?"

"这四天内,电话通过录音,我们或许会弄到什么线索。其后,如果断定有必要进一步戒备,您可以到热海、伊东或者别的温泉去静养一段时间,怎么样?届时墨野或许能腾出手来,想出更好的处理方法……"

"谢谢您了!那就请您们劳趾陪我去饭店吧!"菊子恭恭敬敬低下头。

三十分钟之后,菊子提了一个日常行李包,回到我的房间并交给我她的房门钥匙和十万圆现金,请代安录音电话。我不好推辞,只好收下。

准备好之后,我们坐上上松要来的出租汽车,直奔赤坂的"新日本饭店"。我不时回头张望,但始终未发现有像是尾随我们的汽车。

我们把菊子送进饭店的四层414号房间之后,到一层酒吧间喝白兰地酒。老实说,这一天所发生的事,使我神经格外紧张。

"您累了吧!真给您添了麻烦。"

我替菊子老太太向上松表示歉意。他点上一支烟后苦笑道:"我是一个爱管闲事的人,乐于为别人的事花费时间。再说,我最初见到这位老太太,就觉得他外貌很像我奶奶,一见如故,感到亲切。"他慢慢地举起酒杯,又奇妙地问道:"可是,这个老太太手头的现金不少呀!"

"她大概属于守旧类型的老人,就像我认识的另一位老太太那样。那位老太太把几十万圆的现金藏在柜子里,准备给自己作葬礼时用呢!"

"您那样说也有一定道理。不过,现在电费、煤气费、电话费等都是用托收承付方法由银行直接付款。再说,万一生病住院,可以将存折和印鑑托付别人,代取现金。这样一个老太太,每天光吃饭或买什么日用品,大可不必在手头留下三十万圆现金嘛。"

"那么,您是说她是要把钱给别人吗?"

这也难说。人的癖好千差万别。尤其老了之后,年轻时的癖好,变得更为强烈。"

"或许,那个叫义雄的年轻人,常到老太太家来吧"?

"那种非法组织分子,不敢白天堂堂正正到她家,更不敢一起去银行取款。因而说不定,这一笔钱是留着等义雄来取的。"

我果断地说。上松听后微微点头。

"您的话不无道理。另外还有几种其他可能性。因和我们关系不大,姑且不谈。我现在所担心的莫过于刚才的电话了。我认为和那封恐吓信有关的,不外那三个人。因为老太太亡故后,有可能获得遗产的就是他们。那么,假定刚才那恐吓电话不是这三个人打的,那究竟是怎么一回事呢?"

"是不是他们三人中,哪个雇了杀人凶手,一时又未和杀人凶手联系上……"

"但是老太太是在昨天通知他们今天来见面的!即便说三人中谁雇了杀人凶手,在一般情况下,也决不会让杀人凶手在知道今天会见结果之前采取下一步行动的呀……"上松三男呷了一口白兰地继续道：

"防止案件的发生比起案件发生后去解开案件之谜更难，更费精力，不过，我觉得这次我已经对老太太采取了严密的保护措施。我想，至少在这四天之内，不可能发生杀人案件。"

对此，我也有同感。

但是，一桩奇妙的杀人案件却突如其来地出现在我们面前……

九、第一个被害者

翌日上午九时,我被谷口菊子的电话叫醒。

"早上好,承蒙你们的安排,我高枕无忧地睡了一夜。最近我一直没有睡过这么好的觉。"

"那太好了,您用过早餐了吗?"

"刚才到餐厅吃过了,吃的烤面包、玉米饼、腊肉、橘子汁、咖啡……请问,我难道一步也不能离开房间吗?"

我对她的食欲之大感到惊讶。看来她的情绪已恢复正常。我放心了。

"凶手还不至于潜入您住的饭店里。您现在的住处就我和上松先生两人知道……不过您还是小心谨慎为好。"

"我尽可能地不离开房间一步。希望您尽快给我家安上录音电话,我已经把房门钥起交给您了。电话安上以后,还有劳您每天抽时间去看看,是否有电话来,另外,如果有信的话,也请您用电话通知我。"

我骑虎难下,只好遵命。

录音电话下午一时安装完毕。上午,上松二男拿着磁带到饭店,让菊子录了一句话"我是谷口"之后拿回来。这是为了让对方误以为菊子在接电话,而把要说的话说出来,让录音机录下来。

总之,该准备的都准备完毕,除此,我们再也想不出还有什么好办法了。

第三天下午,因为晚上要出席一个朋友的家庭招待会,我四时到菊子的房间去放电话录音。这两天,一个电话都没有,可是今天却听到了声音:

"喂喂,这里是'朝日电气通信'。请问,我们公司的经理现在在您府上吗?"

我不由得睁大了眼睛。"朝日电气通信",这不是杉浦一郎名片上印的公司名字吗?

"喂,喂,您听到了吗?"

对方是个男人,语气显得惊慌失措。

"喂,喂,若经理在您府上,请他和公司联系,现在这里乱成一团了……"

对方喊到这里,不再说下去了。此外,录音磁带中就没有别的电话了。

现在若判定一郎失踪还为时过早,不过,公司正处于创办阶段,作为公司第一手的杉浦一郎到什么地方去了,理应要告诉同事们。还有,为什么当他不在时,公司会处于混乱状态呢?

我沉思片刻,一时理不出头绪来。然后我又打开信箱。啊,信箱里放着一封和恐吓信的笔迹完全相同的信!

我一把抓住这封信,飞快地跑回自己房间,马上给菊子去电话。

"老太太,您看怎么办?"

我把电话和信的事依次告诉了菊子。她对电话毫无反应:"您把信拆开看看。"

"这不太合适吧？"

"那有什么，是收信人我托您的呀。"

我用发抖的手打开信封。这回，信上横写着一行罗马字：

"市川市，市川3——56。"

"老太太，上面光写了一个地址。"

我将地址念给她听，菊子声音发颤地说道："呀……，这不是我那旧房子的番号吗？这究竟是怎么回事？"

"那房子现在有人住吗？"

"大约在三年前借给一家人住，现在空着。因为是老式旧房子，我想还是放在那等着拆掉吧。"

"是空房子……"

一个可怕的预感在我脑海闪过，令我不寒而栗。

"现在该怎么办呢？"

菊子仿佛窒息地问道。

"我一时也想不出好主意。还是进那房子去看看吧。"

"那房子离二三子家只有十五分钟的路，我把钥匙交给她了，让她不时地打开门换换空气。怎么样，我现在就给她打电话让她进去看看。"

"很好，要是托警察还得给他们送钥匙……我们必须听取二三子看完房子后的报告，否则不知下一步怎么办。我想，在这种特殊情况下，能不能将您现在的电话号码告诉她？"

"不，还是请您在我家里等她的电话吧。"

我本来想说我现在就要出门，但又把话吞回去了，一来是因为事已至此，不好推脱，再说，好奇心促使我想早一点知道查看那所空房子的结果。至于家庭招待会，迟到一会儿甚至不能出席，只要事后和朋友说清原因，就可以了。

"那就这么办吧。"

我答应了一声,放下话筒。此时,电话铃又响了,是上松三男打来的。事态发展到这地步,他每天至少打两次电话来。

"怎么样?有什么情况吗?"

我马上向他说明了事态的紧急。听后,他大声说道:"恐怕要发生什么意外的事!我现在在神田,三十分钟之后赶到您那里,我们得随机应变,赶快行动。"

听了他的话,我越发感到恐惧,巴不得上松赶快来到。

回到菊子的房间后,我锁上门,心想,除上松以外,不管谁敲门,我都不开。

时间过得很缓慢,三十分钟仿佛三年。终于,听到了敲门声:"村田女士,请您开门!"

听准了是上松,我松了一口气。

"怎么样,二三子来电话了没有?"他说着,跨进门来。他眼睛里闪烁着可怕的目光,这种目光在他酒喝得半醉、心情愉快时是难以想象的。

"还没有。"

我话音刚落,电话铃响了。我马上跑过去。现在,这录音电话就录下了通话双方的话。

"姨妈,姨妈,不好了!"

电话中传来一个中年妇女的声音。毫无疑问,这是二三子,她也不问接电话的是谁,就气喘吁吁地大声喊道:

"一郎哥死了,躺在中间那八铺席的屋子里。他脸色吓死人了。我现在是在附近的公用电话,已经给警察局去电话了……哎呀,怎么办好呀!"

上松三男竖着耳朵,他为了听见话筒里传出的声音,脸几乎触着了我的脸。

"可是……你姨妈现在出门了,我叫村田,是受委托看家的……"

我好不容易才这样回答道。

"那他大概什么时候才能回家呢?"

"我想,一个小时以后吧。"

"哎呀,那我的处境太可怕了……"

二三子带着埋怨的语调自言自语地说。我无言以答。

"那我只好一个小时以后再给姨妈打电话了,请您转告她。"她啜泣着说完,就放下了话筒。

"上松先生!"

"我听出了大概的内容。"上松三男往后退了一步,说道。

"请给我拿一杯威士忌来。现在,这是最好的镇静剂。我要再听一次录音……"

我赶快回到自己的房间,一把抓过一瓶威士忌,返回来,虽然菊子家也有威士忌,但我不想喝她的酒。

"事情严重了。"坐到沙发上以后,上松颤抖着声音说。

"估计不久警察要和这里联系,不能没有老太太在场。现在应该把她叫回来。不必担心她的安全,因为目前谁也不知她藏在饭店里。再说,即便凶手很放肆,也不敢在这光天化日之下在公寓的门口或走廊开枪下毒手……"

在我回自己房间的这么短暂的时间内,上松听了一遍录音,并立即作出如此决定。可见其判断能力是出类拔萃的。虽然从外表上看不出他是个敏捷的人,但有一点是可以想象的:一个平庸无奇之才,是无论如何也当不了墨野的秘书的。

"第一个嫌疑分子变成了第一个被害者……说实在的,这我万万没有想到。即便现在请墨野来,他也拿不出更好的办法。"

喝完一杯威士忌,上松有气无力地说道。我又要给他倒第二杯,他摇摇手:"我虽然好酒,但现在喝这一点儿够了。要考虑的和要干的事很多，不能喝得晕头转向。"

"可是，您能肯定说这是他杀吗？有没有自杀或暴死的可能呢？"

"如果说这不是他杀，那么世界上就没有杀人这回事了……在空房子里，在别人的家中，门原来还锁着。难道能说他钻进了连小偷也不光顾的地方以后，突然因脑溢血或心肌梗死躺下了？"

上松仿佛训斥我似地，他的神情令人可怕。

"对不起，是我一时激动，说了多余的话，令你……"

"不，我不是责备你。激动的是我。这个案件一开始就令人丈二和尚摸不着头脑。寻找通过作案能获得利益的人，这是侦破案件最基本的常识。可是，谁能在杀死杉浦一郎以后获得利益呢？"

"在这种情况，获得利益者至少有两人。"

"您是说，松浦一郎死了，继承那份遗产的人少了一个，其余两人所得到的就要增加。从这种意义上说他们是获得利益者也未尝不可。不过，照目前这种情况，他们三个人指望遗产到手还为时过早。银行抢劫犯因分赃相争而杀人的故事在电影中屡屡可见，可是，目前这两个人和那些抢劫犯情况不一样。假定两人中一人是凶手，那他是绝不能轻而易举地骗过警察的……"

上松三男说毕，以手抚额，陷入了沉思。

四十分钟以后，谷口菊子回来了。其后，二三子又来了电话，说市川署的一个刑事马上到这里来。当然，这是不可拒绝的客人。

我已无暇顾及去参加朋友的家庭宴会了。事态发展到这个地步，我只好奉陪到底了。

来谷口菊子家的是一个叫木口康平的中年刑事和一个叫桥川实的年轻刑事。我和上松充当谷口菊子的秘书。对于刑事们来说，询问一个七十五岁的老太太未免拘谨，有我们陪着，他们倒感到高兴。

案件经过由上松三男介绍，刑事们认真地听着，不时地点头。

"要是这么说，你们让二三子去看那空房子，是有道理的。因为钥匙在她那里，而且也为了采取适当的措施。"

木口刑事点头说道。上松接着问：

"那么，请问凶手是采用什么手段杀死杉浦一郎的？"

"表面看，几乎没有什么外伤，初步认为是被毒死的，现在还弄不清是用的什么毒药。"

"死亡的推测时间？"

"这不经解剖是说不准的。很有可能是在昨天深夜。也不排除今天凌晨的可能性。"

"也就是说昨夜的晚些时候。"

是的。现在我想请您谈谈有关钥匙的问题。"

"这由我来说吧。"菊子从旁插嘴道。"空房子的钥匙一共有三把。我拿着两把，都存在从银行借来的保险柜里，别人是拿不走的，另外一把交给二三子保管。"

"您以前有没有把房子借给别人住过？如果住过人，那么借房人现在在什么地方？他很可能复制了备用的钥匙。"

"借过，请您稍等。"菊子从抽屉里找出住址本，翻到一页，说道，"保谷市峰町1——7——8号，久保田诠三。他在这里已经盖了新房子，我不知现在他家的电话号码。"

"是啊。"

两个刑事相互看了一眼，点了点头。这时，上松三男抬头问道：

"可是，那空房子的大门一定是锁着的吧？"

"据二三子女士说，大门有一道缝。因为是一栋连小偷也不光顾的破房子，她感到很奇怪，想，是不是上次来扫除回去时忘记锁了。不过，据我们观察，死者不是硬敲坏锁进去的。

"也就是说，二三子有可能因什么原因而忘记上锁。因为是这么细小的问题，她一时想不起来也是很自然的。可是要是在这之前门上了锁，那就说明凶手或被害者是用复制的钥匙进去的，这样，就产生了一个奇怪的问题，即：他们在复制钥匙时是要用正式的钥匙的。"上松三男自言自语地说毕，又加重语气道："能肯定那空房子是作案的第一现场吗？有没有可能是凶手在别的地方杀死了被害者，将他的尸体运到那里呢？"

两个刑事互相望了一眼，木口刑事道："现在难以下结论。不过我本人认为，这种可能性很小。"

刑事们走了以后，我们三人就开始商量下一步如何办。

令人意外的是，从表面上看，菊子对杉浦一郎之死毫无悲哀之感，只是像念经似的，叨唠着："我不会有什么危险吧？我不会有什么危险吧？"

这使我，好像也使上松三男感到不知所措。

"在案件没有弄清楚之前，您还是住在饭店吧。我想，这样很安全……因为，只要住址保密，即使凶手想对您下毒手，也无从下手呀。"上松三男只能这样安慰菊子道。

"那么，那个'四日之内杀死你'的电话，终于变成了现实，是不是可以说，一郎是我的替死鬼呀。"

"据刑事们说可能是毒死的。要是那样，还不知是什么毒物。因此，现在下结论为时尚早。假定说，凶手把含有毒药的巧克力送到这里让您吃；却偶然被一郎吃了，那么，他可以说是您的替死鬼，而事实却不是这样。"上松三男用为难的语气说道："老太太，您今天还是应该去一趟一郎家。"

"您说是给他守夜吧？我这样大年纪的人，晚上出门，实在受不了……换句话说，要是我死了，他会吃红豆米饭庆贺的，我能给这样的人烧香吗？"

"话虽这样说，可他已经是故人了。再说，您要不到那里去，我们也不好在那儿露面呀。"

我一下就知道了上松去那儿的用心所在。

当然，杉浦一郎的尸体已由现场直接运去解剖，今晚不放在家里。但是作为亲戚和朋友，听到凶信，理应去安慰遗族的。

杀人的凶手在这种场合去吊唁，装出一副悲痛的样子。这样的事情我常常在报刊上看到。

这一次怎么样，现在无法猜测。不过上松三男肯定是想到这点了。听听集中在那里的人们的议论，也许能获得什么线索。

菊子也好像知道了上松三男的意图，她叹了一口气道："说实在的，我是不想去的。像我这样的年纪，身体又不好……不过，我把一切都托付给你们了，您说要去，我只好奉陪你们去一趟。"

"奉陪的是我们呀。"上松苦笑道。

"对不起，那我进去换一下衣服。"

菊子走进里屋以后，上松望着我道：

"村田女士，您不妨也和我们一起去一趟吧。"

"可以，无论去哪儿都奉陪。我也期待着与凶手当面对峙的惊险场面。"

我的爱凑热闹的怪癖又发作了，以至一个女人竟能如此平心静气地说出这样的话。

十、性格畸形的被害者

几天以前，菊子说过，一郎在田无借一所房子住。可是在出发前，她却拿出一张一郎搬家时给她的通知书。

"怪我上了年纪，把这事忘了。其实，大约一个星期之前他搬家了。"新住所在椎名町。

我不禁叫了起来。从田无到椎名町路途遥远，要是菊子没想起一郎搬家的事，那岂不要跑许多冤枉路吗。

我们很快地要了一部出租车，让司机看了那搬家通知。当车驶到那地方时，我们不禁惊讶的目瞪口呆了：一座宏伟壮观，有着宽广庭院的二层邸宅屹立在我们面前，估计价值要在三千万元以上。

"不会走错了吧?"上松三男打着打火机，伸长脖子看了看门牌，问道。

菊子答道："我也是初次来。毫无疑义，这房子是租借的。记得他电话中对我说过，当上一个规模较大的公司经理后，说不定什么时候会有大人物拜访他，因而再也不能将就过去的那三间破房子了。当时他还告诉我，房租每月为二十万元。"

上松三男点点头，按了一下门铃。

一个二十岁左右的青年出来开了门。这时，房间里传出嘈杂的声音，好像有相当多的人。

通报姓名以后，我们马上被领到里面的日本式客厅，祭坛还没有设立，但已经预备了一个位置，墙上挂着死者遗像，前面放一张铺白布的桌子，桌子上摆着花、点着香。

我们跟在菊子后面，也点了一炷香。

"丰子，想不到发生这样的不幸。"

菊子对和两个男孩子坐在一起的一个中年妇女说道。这肯定是一郎的妻子。她四十岁左右，算不得是个美人。丰子什么也没有回答，只用手帕掩住脸，抽泣着。

这时，走来一个四十五、六岁，脸色黝黑的人。他坐到我们面前，恭恭敬敬地低下头道：

"有劳您们亲自前来致哀，深表谢意，我叫福地孝雄，和死者一起刚刚开始创业，以后请您多关照。"

原来这就是一郎所说的投资二千万元的未来的副经理。我情不自禁地细细观察起他来。

福地孝雄其貌不扬，獐头鼠目，酒糟鼻子，嘴显得特别大，一看就令人觉得是个有野心但缺才干的人。他为什么对这个前途吉凶未卜的所谓新事业投以二千万元巨额资金呢？我觉得很奇怪。

"这里人越来越多，请您到客厅对面休息一会儿，以免累坏身体。"

他大概考虑到菊子的年纪，关切地说道。

"老太太，那就先到客厅休息去一会儿吧。"

上松也从旁劝说。对于他来说，前来吊唁仅仅是手段，不是目的，他不想在这儿呆呆地坐着。

我们站起来，走进对面的客厅。

这是一间八铺席的房间。从沙发到桌椅都是新置的高级品，但没有装饰物。这大概是因为刚搬家的缘故。从简陋的小房子搬到这样豪华的大住宅，总要抽时间布置一下，可杉浦一郎恐怕一时腾不出手来。

"今天到这里帮忙的都是贵公司的人吗？"

上松三男开始提问了。

"是的。包括我，一共五个人。此刻，这些人不来，实在是人手不够呀。"

"他们是所招聘的十六个人当中的人吧？"

"不，那十六个人是我们第二次招聘的职员。今天来的另外那四个人，是一个月前成立的所谓'先遣班子'的成员。我们原订就以这次招聘的二十个人马，发起成立公司的。"

"是吗？就是说，今天到这里的都是公司元勋啦！"

"是的。"

"噢，你们和杉浦一郎先生共事了一个月，出于义理人情，主动来帮助料理后事的。另外，请问，对新招聘的十六个人，你们将怎么办？"

"是啊……发生了这样的不测，我也不知所措了。"福地孝雄深深地叹了一口气。

"你恐怕对办这种专业性报纸还欠缺经验吧？"

"是的。我只知道知道杉浦君过去工作的'电机世界通信'很能赚钱。我和他的交往是从三年前开始的，因为他想另立门户，单独干一番事业。我不过是助他一臂之力而已。"

"据说您投资二千万元，这笔钱现在还没有开始用吧？"

"二千万元？"福地孝雄吃惊地瞪大眼睛，"谁说我投资二千万元？我只投了三百万元。作为条件。对方答应每月付给我十五万元工资。这样，需要一年零八个月才能收回这笔钱。"

上松和我面面相觑。

"那么，杉浦先生究竟投资多少钱？按常识，经理投资额必须比副经理多吧？"

"……可以说，作为最初的资金，是我出三百万元，杉浦君也不知从哪儿借来了二百万元。因为他说过，只要公司一成立，就可以搞到亿万元，我相信了他的话。"

"你们现在已经用去了相当多的钱了吧？按规矩，租这所房子必须先缴纳两个月的酬谢金和一个月房租，这就得花掉六十万元，即便过几天退还房主房子时，可以收回押金，可是事务所方面大概也用了同样多的钱。此外还要交付四个人一个月的工资并诸项杂费……"

"是呀。光开业宴会的费用就用去三十万元。另外，经理花了本交际费，还买了棒球用具一套、一辆车、一台打字机，这里和办公室里的沙发……"福地孝雄满面愁容地列举着公司购置的家当，"虽然是分期付款，我们也已经花去了大约三百万元……，要是资金接不上，我们公司未成立就要破产，那可惨了。"

"然而，现在责备故人也是没有意义的了。请问，您为什么如此相信杉浦先生啊？"

"土地，即这位老太太的土地。"

"他是说，让老太太把土地卖掉，将钱拿来投资是吗？"

"是的，他曾带我去看过发生这次案件的市川的房子以及八王子街道附近的地皮……而且，他还拿着委托代售书呢？"

"什么？我可从来没有给他什么委托代售书呀！"突然，菊子插话道。她眼睛里闪烁着激烈的愤怒的光。

"是吗？难道您真是什么都不知道？"福地孝雄带着乞怜的口气问道。

"不知道。那委托书一定是伪造的。"

"当时，为慎重起见，我提出要见见老太太，可是他说，老太太已经是七十五岁的人了，身体不佳，头脑已经不清楚，不愿见生人。他说：'您就相信我吧。'还把户籍抄本拿给我看。"

"要说户籍抄本，那谁都可以拿到。我确实已经七十五岁了，但还不至于糊涂到这地步呢。"

"对不起，我是在原原本本地讲述故人的话呀。"

福地孝雄恭身致歉，接着又道："不过，我还要请老太太助我一臂之力。"

"什么？您是让我替别人揩屁股吗？这样的事我决不会干。"

"不，我首先声明，不会给您带来任何损失。我们刚创办的公司，遇到这样不幸事故，非破产不可！好不容易招来的公司职员看到经理被人杀死，大概要退出公司的。因此，求求您老人家，能否将价值一亿元以上的土地委托给我们出售。为不使您蒙受损失，我们尽量寻找好的买主。我们只希望提取百分之三的售金作为手续费……"

我知道，他是在拼命地想换回自己的损失。他的处境是悲怆的，他在想，哪怕早一分钟得到老太太的口头许诺呢。

"老太太，把这件事交给我来办吧。"上松三男举了举手，不待菊子答复，便从旁插嘴道。

"您的心情我理解，故人在九泉之下也会向您道歉的。鉴于如此特殊的情况，我想和老太太商量一下，尽可能找出一个令您满意的解决办法。当然，现在无法立刻答复，还得请您耐心等待一个阶段。"

"谢谢，您这样说，我就放心了，请您多多关照。"福地孝雄郑重地连连弯腰道谢。

"此外，我还想向您了解一下，对于这个杀人案件，您有什么线索吗？"

"这一点，刚才警察也询问了我，我实在没有发现任何迹象。"

"我想问几个具体问题。首先请您谈谈一郎昨天的行动。"

"上午九时四十分左右，他到事务所，和我商量了一个小时有关工作的事情。之后，我因私事出去，中午又到横滨会见别的人。我回到事务所已是下午四时了，当时一郎君不在。"

"您不知道他去什么地方了吗？"

"那个……据说，午后三时左右，不知是谁从哪儿给他打来了电话，他接电话后，对大家说，有件很重要的事要出去今天就不回来了。当时，有个年轻人正用着公司的车，他就要了部出租车出去了。"

"他当时要是告诉你们他去的地方的电话号码就好了。"

"是呀，不过，他大概做梦也没想到会发生这样的事，当然，当时我若在事务所，他或许会简单地告诉我他的去向。别的职员都是初来乍到，和他关系不深，他可能不愿把重要的事告诉给他们。"

"有道理。也就是说，昨天他出去以后，再没有和你们联系了？"

"昨天晚上，我和别人一起吃了晚饭，后来又开了两个会，回到家已经是夜里十一时左右了。在这之前，我几次给自己家挂电话，据说，他没有去过电话。另外，他太太说，他也没有给这里来过电话。"

"那么，今天给老太太家里去电话的是您了？"

"是的。我今天上午九时半上班时，他还没有来。听年轻职员讲，早上到这里接经理时，经理也不在家，于是，我感到很蹊跷……"

"噢。是不是因为没有车房和执照,你们买的车暂交那个年轻职员保管,早上让他开车到这里接你们经理上班?"

"是的。我听年轻职员传达杉浦太太的话说经理昨晚没有回家时,不禁愣了一下。我没听说他有什么情人,不过,还是以为他是眠花宿柳了。因为这样的事偶尔有一次二次也不足为怪,男同僚之间对此不过一笑置之。"

"后来,您从什么时候开始着急了?"

"上午我还不以为然,可是,当他下午还没到事务所时,我就不耐烦了。我心想,他一来,我要批评他:不管怎样,我们刚刚创业,有待解决的问题堆积如山,现在就玩女人,为时过早呢!过了三点以后,我开始发火了,因为当时有三张金额分别为三十六万五千圆、五万圆和八万圆的支票一时付不了款。"

"也就是说,你们一时支付不了将近五十万元的现金,是吗?"

"是的,我火冒三丈,拿着电话本,给有关系的单位一一打电话询问,可是所有的地方他都没有。在那种情况下,我要是言辞不当,请原谅。我就在公司里呆呆地等到将近六时,警察来了电话,告诉我这突然事件,当时,我的确感到惊愕和可怕!"

"那么,因为您当时没回家,别的职员也都留在事务所了。知道了发生的事情之后,大家就都来到这里,是吗?"

"是的,由此您可以知道,我和这个案件是毫无关系的。"

"当然,这我一下就可以判断出来了。不过,我这样说也许过分一些,警察往往是从坏的方面来看待人的,再说,您很熟悉现场,因此,以后,您可能会受到警察各种各样的讯问和调查。"

"……这我已经想到了。至于说到熟悉现场,那个地方我只去过一次。房子破烂不堪,一看就知道是战前盖的……谁都会说,把它拆掉好。那一次,我和当时住在那儿的太太在房子外面谈了一会儿。我记得她说,她新盖的房子即将落成,因而马上就可以离开那里。我听了,更放心了。因为这样一来,一郎君得到那笔巨款的日子就为期不远了。"

"有道理。当时,您觉得有什么反常的事情吗?"

"谈不上什么反常的事。记得那天在回来的车上,他对我说,那家的姑娘参加了恐怖组织,离家出走,现在去向不明。他说的这些话,也并非是奇怪的呀。"

"什么?"上松睁大眼睛,转向菊子道,"请问老太太,久保田先生的女儿认识您的侄孙佐川义雄吗?"

"他们是大学的同学,很要好,几乎在同一时期去向不明了。那个姑娘叫敏江。"菊子叹了口气,答道。

一种离奇的设想在我脑海闪过。

久保田家或许在作案现场的那间房子里住了若干年了。他们的女儿也许在当时就参加了恐怖组织,那就有可能在外面活动到很晚才回来。为此,她的父母大概会给她配一把房门的钥匙。此次打开大门的,是否就是这把钥匙呢?

难道……这种想法在我脑海中盘旋,久久不能消失。

"嗯,也就是可以推测义雄和敏江关系甚笃了。请问,您平时有没有感觉到故人受谁的威胁吗?"

"威胁?……请等一下。大约在五天前,公司里收到一封奇怪的信。"

"什么信?"

"因为是写给公司的信,一个女职员把它打开了。里面是一张字条,上面是用德义写的1、2、3——死。我们公司也有人能看懂简单的德文,最后的字的确是死人的死字。

"故人知道这件事吗?"

"他刚好当时出门去了。我们在场的人以为是谁的恶作剧,就把信撕掉了。之后,也没对一郎提起这件事。现在发生了这个案件,看来,那好像是份杀人预告书,您看,是吗?"

十一、不确切的旁证

一个女孩子进来，把福地孝雄叫出房门。上松轻轻地叹了一口气，点上一支烟道："至少可以认为，他不像是凶手。"

"是呀，看来，他不会有杀死一郎的动机，再说，也有旁证证明他当时不在现场。他现在只是想讨好我们，以设法弥补自己抛出去的三百万元。"

"对。也由此可知，一郎的所谓事业，一塌糊涂。只够开一个小店铺的区区三百万元，哪里能办什么像样的事业呢？看来，短短的一个月内，他就把所有的本钱都花光了，所谓投资二千万元，纯属撒谎。即使不发生这次案件，像他这样处在如此难堪的境地，说不定也要闯出什么祸了。"

"凶手可能是来杀我的。"

突然，菊子神色恐慌地自言自语道。这时，传来轻轻的敲门声，进来一个四十岁左右，模样酸寒的小个子妇人。

"二三子……"菊子轻轻地喊了一声，给我们介绍来者。

"姨妈，您来时没有向您问候，对不起，我在厨房帮忙，怕您们要谈什么重要的事情，没来打搅。"

"这种时候，不必如此拘礼了。刚才让你受惊了。雄介来了吗？"

"我打电话告诉他，他也吓了一跳。据他说，今晚有件非办不可的事，不过还能脱身到这里一趟，可能马上就到。"

"是吗？"

不知为什么，菊子愁苦地紧绷着脸。上松三男立刻开始对二三子询问。

"太太，您今天撞见一郎先生的横死尸体，想必大吃一惊吧。这样的事，对普通人来讲，是太意外了。"

"是啊。开始，我看到铺席上一个人摊开四肢、呈大字形仰卧着，很奇怪：这是怎么回事？走近一看，是一郎哥哥，他竟一动不动了，我情不自禁地'哇'地叫了一声，冲了出去。"

"你摸了他一下吗？"

"还摸什么，一看就知道他已经死了。"

"是仰脸朝外，仰卧着吗？"

"是的。"

"穿着鞋吗？"

"不，只穿着袜子。穿着平时穿的那身西服。"

"鞋是放在大门旁边吗？"

好像没有！我走进那房子时，当然不知道里面有死人，心情平静。要是那所空房子的大门旁有一双鞋，我定会觉得奇怪并且记住的。"

"那么，凶手把被害者的鞋放在什么地方了？或者……"

上松三男自言自语道。我想，他是不是有意提出这个问题，借以观察二三子的反应。

"这，我可不知道。"

"是啊。那么，您开门时，看到门没有上锁，这是千真万确的吗？"

"是的。"

"您最近一次进到那房子里扫除，是在什么时候？"

"大约在一星期之前。"

"当时，那房子里有没有什么可疑之处？即有没有人潜入的形迹"

"没有。如果有，我一定会注意的。"

"那次扫除到今天不过一个星期，地上还没有灰尘呢，因而难以看出凶手留下的脚印。当然，要是穿着沾有灰尘的鞋子进去，那则另当别论。"

上松三男又像自言自语地说。接着，他又问道："您那次扫除后出来时，没有忘记锁上门吧？"

"警察也这样问我。我想，我还不至于粗心到那地步。但又不能保证绝对锁上了，人难免一时疏忽大意呀。"

"比起男人来，出门上锁好像是女人本能的行为……另外，电灯、煤气、自来水都关起来了吧？"

"是的，全部关起来了。"

"因为是夜里，一郎先生是否借助手电筒什么的进去的？您看到尸体旁放着手电筒了吗？"

"这，我没有注意到。"

上松三男合上眼睛，稍事思考后，问谷口菊子道："老太太，您为什么还要这位太太清扫那房子呢？一幢要拆的破房子，根本没有必要这样不断地清扫呀。"

"这个，您要是说，我这个老太婆吝惜物品，我也没办法……"菊子苦笑一下，又接着说，"房子本来很旧，若不打扫，就不会有人租借了。另外，不妨当着她的面说，我是让她每星期打扫一次，然后每月付给她三万元作为工钱的。即便是外甥女，我也不能白白地支使她呀。"

二三子难为情地低下了头。我想，这真是一位富有人情味的老妇人啊。

人尽其才，物尽其用，这是像菊子这样出生在明治时代的老人所共有的想法。至于二三子，作为一个家庭主妇，她耻于无偿接受他人的接济。从这种意义上说，支付清扫工钱这件事，可以反映出久经风霜的人们待人接物的态度。

上松三男大概也有同感，他频频点头。

"您能把您昨天的行动告诉我吗？"

"您大概已经听说了，我丈夫现在几乎没有收入，一家人的生活靠我开一个美容店撑着。本来靠这收入我们一家三口人满可以生活下去了，可是当初我开店时，向信用社借了一笔款，现在必须交还，另外，我的丈夫三天两头找借口向我要钱。"二三子又牢骚满腹地接着道："昨夜，客人不多，八点钟我就关了店门，两个女店员也都回去了，我坐在那儿边看电视边休息，因为白天很忙，到了晚上就感觉很累，干不了什么活。"

"那么您丈夫是几点回家的呢？"

"已将近十二点了，喝得醉醺醺的。"

"他告诉您在什么地方和谁一起喝酒了吗？"

"这种情况是常有的事，过去，我也曾问过他，结果他勃然大怒，说什么，男人的事你不要多嘴。最近，他又说要办高尔夫球场，需一大笔钱。我总觉得他是心有余而力不足，劝阻他不要办，可是他是一个很任性很固执的人。"

二三子长吁短叹。此时，我的心情已趋于平静了，我看出来，他们不是一对和睦的夫妇，两个人的想法格格不入，一要梦想成为拥有一万元资金的经理，一个根本不相信那一套。

要是他们没有儿子，那恐怕早就分手了。这就是所谓"恶缘夫妇"吧。我心想。

"您的美容店是什么时候开张的?"上松又继续问道。

"大约一年前。过去我在公司工作时,为了将来的生计,研究过美容。当然,我很为家里以后的生活担忧。去年,我丈夫好像是转卖地皮赚了一点儿钱,于是我断然开了这么一间美容店。"

我终于完全了解了二三子的事情。

菊子说,二三子现在在公司工作,实际上那是去年以前的事,看来这精力充沛的老太太毕竟是上了年纪,经常把事情记错。

"请问,一郎先生昨晚到府上了吗?"

"没有。大约一个月前,来我们家谈有关办报社的事;还邀请我们出席他的公司开业宴会,可是我和丈夫都没去。"

"那为什么呢?"

"为了避免给自己造成以后的被动。他若是到什么公司去工作我不加评论,至于说办事业,我敢说他是绝难成功的。"

"您根据什么下这样的结论呢?"

"六年前,他从一家公司出来,我没进报社时,生活十分拮据。当时他竟干出了近乎诈骗的事。即,将分期付款买来的东西,拿到委托商行去卖,譬如,以分期付款方式第一次用一万圆购到价值十万圆的电视机,然后以三万圆的价格卖给委托商行,暂时得到两万圆使用。可是他每个月必须缴一万圆,以付清余下的九万圆电视机费,否则,就被当成骗子。他不得不在下个月又分期付款买到别的车西,拿到委托商行去卖,然后缴纳电视机的赊款。这样一来,形成恶性循环,欠债越来越多,以至于狼狈不堪。"

"可是,那种分期付款需要保证人的。何况一郎先生当时又是个失业人。"

"这个嘛,他瞒着姨妈和我,在保证书上写下我们的名字,并仿制了我们的图章往上一盖。我们都蒙在鼓里,以至接到通知时大吃一惊。虽说我和他是兄妹,也不能不感到很生气。"

"是啊,他要是只搞一两次,还可以原谅,因为一时无钱,迫于无奈,干出这样的事。可不断地这样干,就成了一个惯犯,被说成是诈骗也不过分。"

"那么,结果怎么样啊?"

"最后只能由我收拾罗。"菊子叹了一口气,说:

"当时,我妹妹和其他亲戚都来了。我要他写下誓约书,保证以后不再重犯,然后,拿出二百几十万元替他还了债,他痛哭流涕,说从此认真供职。后来,他进了那一家报社,也的确认真干了几年。可是,本性难移,又变成现在这副样子。因此我这回死心了,一分钱也不能给他!"

"这也难怪。可是,因为您过去接济过他,他片面地认为自己有靠山,一旦濒临困境时,可以请姨妈拉一把。人总是往对自己有利的方面考虑的,尤其那种性格畸形的人,更是如此。这样的人,医学上虽无法判定是精神病患者,但其精神方面确实有异常之处。"

上松三男睁大眼睛,说道。

这时,响起几声敲门声,宫崎雄介走了进来。

"恕我晚到。姨妈。您受惊了,还有上松先生,村田女士,有劳大架。"

宫崎向大家寒暄毕,坐到沙发上。这时,二三子站起来"我到对面的屋子去了……"

望着二三子的背影,我心想,她和宫崎绝非一对和谐的夫妇。

"发生了如此不幸的事,实出意料之外。大概是自杀的吧。"

雄介点上支烟，说道。

"自杀？"上松三男紧锁眉头反问道。

"您的想法和我大相径庭。请问，您有何根据说他是自杀呢？"

"我这不过是假设，说错了，可以把话收回来。警察可能判断他是被毒死的，可是现场是一个连电灯都没有的空房子，他即便和谁到了那里，也不会愚蠢到在那儿吃人家给他的东西……只能是他一个人到那里吃了什么东西死的。所以，肯定是自杀，难道不是这样吗？"

"您说的也有一定道理。"上松绷着脸，点点头"是啊，普通的人是不会到那里去吃喝的，这一点我最初就想到了。不过，如果说是自杀，您觉得其原因何在？"

"在回答这个问题之前，我现在想问问姨妈，您答应过给他的事业提供资金吗？"

"不，我一分钱也不给！"

菊子断然回答道。雄介的唇边泛起一丝苦笑。

"是啊，对于他的冒险事业，恐怕没有人相信他能成功而提供资金的。结果，他甚至连姨妈的口头许诺都没有得到，就以姨妈的土地作为赌注，仓促上马。到了紧要关头，需要得到帮助时，被姨妈一口拒绝……在这刚刚创业之时，竟然出现开空头支票的事，那不就完了吗？他无路可走，一时想不开就自杀了。要说意志软弱的人，那还是有的嘛。"雄介坚持自己的推理绝对正确，拍着胸脯说。

我觉得他的推理有一定道理。不过，要是自杀的话，鞋子到哪儿去了呢？如果有谁在目前阶段断定他是自杀，甚至会被认为是别有用心的。

"不错，他盲目地开始他所谓的事业，后来出了问题，面临绝境，才慌了手脚。可是他不像是那种懦弱的人，不可能不再三要求姨妈的帮助就走上绝路，难道说他还是个孩子？"

"是的，我这位内兄的确不如孩子，他甚至以分期付款的形式购到电器，然后低价出售，以获得暂时的金钱，这种饮鸩止渴的做法，一般的成年人怎么干得出来呢？"

"当然，不可否认他是一个'今朝有酒今朝醉'、不思前顾后的性格畸形的人，这次所谓办报的事业和你所说的贱卖分期付款电器的那件事有其相似之处。但不管如何，我不认为他是自杀的，这方面有待于警察的调查，我们大可不必在这儿争论。"

"不过，如果是他杀的话，你就要被怀疑了，这一点，你心里是明白的。"

"怎么？我被怀疑？岂有此理？"雄介露出了担心的神色。

"据说现场离你家不过走十分钟左右，而且你太太有那房子的钥匙。据我了解，那房子门锁打开了，并且没有发现被害者的鞋。昨晚，你有没有旁证证明你当时不在现场呢？"

"这简直……第一，我丝毫没有要杀害内兄的动机，另外，要说旁证，我有旁证。"

"你究竟和谁在一起？"

"这是有关个人秘密的问题，在此难以说明。如有必要，我会对警察说的。"

"这么说，旁证是个女的了。"

一句话似乎击中了雄介的要害，他羞愧地把脸扭过去。

"当然，如有旁证能证明你当时不在现场，很好。可是，一般说来，有特殊关系的异性的证言，效力甚微。不过，如果有公平的第三者能证明你们什么时候，在什么地方，例如某温泉旅馆，那是另外一回事。"

上松象追问似地说。而雄介一言不发，只是闷头吸烟。

"另外，您最近有没有收到过奇怪的信，上面用德文写着：1、2、3——死。死是死人的的死……"

"什么？我不记得。要是在家里或在办公室里收到这样奇怪的信，我是会记住的。"雄介沉思片刻，回答道。

不一会儿，志郎来了。

他今天刚从外地回来，看到管理人告诉他有电话的字条，就用电话和这儿联系，然后赶来的。一个住公寓的单身汉，常常外出，这是很自然的。

雄介见志郎来到，松了一口气，他站起身走出房间。

上松随即开始对志郎的询问。志郎不善言谈，上松几无收获。

他说，昨天晚上，他一个人看了电影后直接回公寓睡觉了，可是没有人证明。尽管这样，现在还没有任何根据可以推定他作案。

到九点，我们初步结束了这种"私人调查"之后，用车把菊子送回饭店。途中，上松一直警惕地注意着背后有无尾随者，我也不时地回头观察，一直没有发现跟踪的汽车。到达饭店时，他松了一口气。

"今天的事总算到此结束了。出于礼节，我当然要送您回去，不过，我们可以先在这儿喝一杯吗？"

把菊子送回她房间以后，上松请我到一楼的酒吧间。平时好喝酒的他，今日除了那杯威士忌，还滴酒未进呢。他想趁现在松口气时，尽快地补充能量。对此，我很理解。

"您期待能和凶手对面相峙。实际情况并不像您想象的那样。

"我并不是想象这样的惊险场面：您指着对方说，你就是凶手。我只是觉得,有理由认为凶手就在今晚我们会见的人当中。"

"您这是侦探小说式的想法。因为那种小说通常让凶手最初就出场。"上松苦笑道。"但是现实与小说不同。当然从动机方面来看,可以认为凶手不外乎是宫崎雄介夫妇、松浦志郎他们三人,而且,他们也没有确切的旁证证明案件发生时不在现场。不过就像刚才所说,在老太太还健在的今天,他们为了将来多分到一些遗产而杀人,那还为时过早。"

"可是,有件事不是可以想象的吗?您如果说这是侦探小说式的想法,我也没办法。"

这时,我打算将在车里产生的想法告诉上松。

"如果说,只有他们三个人有资格继承遗产,那么,他们每个人得到的即是那份遗产的三分之一,因而,当一个人死了之后,另外两个人所得就由三分之一变成了二分之一。这样,一个人可多得六分之一。如果老太太的遗产超过十亿元的话,那么就不能小看这六分之一。假定财产总额为十二亿元,其三分之一即四亿元,二分之一呢,为六亿元,一个人死去之后,另两个人每人可多分到二亿元,难道不是这样的吗?"

"的确,你这种算法不无道理。"上松呷了一口威士忌,点头道。

"又假定作案人有充分的信心把杀人嫌疑转嫁给另外一个人的话,那么,这另外一个人就将完全失去继承权,因而凶手不就可以独吞遗产了吗?也就是说,他可以获得十二亿元,比起当初三分之一的遗产来,一下增加了八亿多。这差别是多么巨大呀。"

"对,那又怎么样呢?"

"所以,作为凶手,他为了把人杀死,而又能把罪责巧妙地转嫁给另外一个人,那么他必须选择一个奇妙的时机。昨天晚上就是他所认为的绝妙的时机。也许昨天晚上可能具备他作案的千载难逢的条件,因此他一不做二不休,将自己的动机付诸行动。"

"嗯,这是可以想象的……"

"而且,如果这种假设成立的话,他必须在老太太活着的时候就动手。老太太的妹妹今天晚上没有出现吧,自己的儿子突然横死,作为母亲不跑来看看,从常识上看,这是令人不可思议的。难道她的身体就那么坏吗?"

"我当时也觉得很奇怪,就问了二三子。据她说,她的母亲一个月前因心肌梗死住了医院,要是这样的话,她今天晚上不来也不足为奇。可是老太太从来没谈过这件事情,这为什么呢?"

听了上松的话。我也觉得奇怪,菊子作为一个年已七旬的老太太,对于自己唯一的一个妹妹,应该是很关心的。

"恐怕这个老太太首先为自己的生命正受到威胁而感到恐慌,因而把自己妹妹的事给忘了。不管怎么说,她是一个七十五岁的老太太了,想法和我们不同也不稀奇。"

"所以,按我的推理,凶手必须趁老太太和她的妹妹还活着的时候作案,先造成能够独吞全部遗产的条件等待着。老太太和她的妹妹风烛残年,不知何日归天,如果在自己还不能够独吞遗产的时候就死了,按照法律规定,遗产自动地分成三份,他人所得到的遗产大概就不会轻易地归自己所有了。因而我想,凶手之所以行凶,其理由在这里。"

我的法律知识十分贫乏,因而实际情况是否如此我也全然不知,而且我甚至对自己是否清楚地表达了自己的想法也没有信心。

可是意外地，上松十分欣赏我的见解。
"对呀，您的看法很有道理。想不到您是一个具有独特见解的、头脑灵活的人。墨野要是听了您的这一番谈论，该有多高兴呢。"

我觉得，再也没有比这更好的赞赏了。

"那么，墨野先生现在抽得出时间来吗？"

"嗯……恐怕还不行。不过，他对这个案件非常担心，他要我在最近阶段专心调查这个案件，他那边的事不必我协助。因而，从明天开始，我将全力调查这个案件。老实说，他也不是神仙，对他来说，这第一个案件也是无法预先防止的。"

我也有同感。想到过几天就可以见到墨野了，我的心就如初恋的姑娘似的怦怦直跳。

十二、宫崎俊子之死

这天夜里,我久久未能入睡,直至凌晨才合上眼。待到醒来时,已是上午十时左右了。好在是独身,倒无所顾忌。

我化妆的时候,上松来电话,他将在十一时左右来我这里,然后和我一起坐车去案件发生现场。他说,即便不进到那空房子里,在外面看看,也许能得到些什么线索。

对此,我这个被人笑为"侦探迷"的人,当然满口答应了。

化妆毕,我给饭店的菊子去电话。听得出来,她很有精神,似乎未把一郎被杀之事放在心中,她说早饭是在屋子里吃的,吃了三碗米饭。

我想在上松到来之前检查一下录音电话,就到菊子的屋里去了。今天,录音磁带只有一个好像谁拨错号码打来的电话。

于是,我打算回到自己的房间去等上松。打开门,我不由地"啊"地叫了一声,倒退一步。对面站着曾经见过的那个女人——宫崎俊子。

"怎么?是您呀,想不到在这个奇怪的地方和您相遇。"倒是俊子微笑着先开口道。

"那次失礼了……"我抑制住紧张的情绪,寒暄道。

"老太太在家吗?"

"您是来找谷口夫人的?"

"是的。"

"她有点事刚出门了,我现在是她的秘书。"

"她马上回来吗?"

"嗯……大概……"

"那么,就让我进去等吧。"出乎意料,对方带着强制的口气说道。看来,她有什么重要的事情要找菊子。

"请等等,您是叫宫崎俊子吧?"

我为了慎重起见,又一次核对了姓名以后,给菊子去电话。

"噢,是俊子吗?我要见她。我还有东西要交给她,现在我就回去,请她在我那儿稍等片刻。"

菊子语调兴奋,她虽然是住在配有电视机的一流饭店里,但毕竟是一个人住在狭小的房间,感到烦闷了吧。

菊子既然这样说,我这个"秘书"身份的人也不好说三道四的,而且,我心中涌起了一种期待——。

——俊子应该知道我所不知道的有关墨野的一些事情吧。

——现在还没有必要把她当作情敌,她和墨野或许仅仅是一般的关系,现在和她争风吃醋为时尚早。

——要是这样,现在或许能够从她嘴里了解到有关墨野的什么情况。

此时,我脑海里飞快地翻腾着各种各样的想法。

"请进!谷口夫人说,她马上就回来,要您等一下!"

"那么,失礼了。"

我将俊子引进客厅,然后到厨房去冲了杯红茶,又拿起一个装有巧克力的盒子端进客厅。

"请您喝茶、吃糖吧!"

"对不起，给您添麻烦了。"

"您和墨野先生过去就认识吗？"我小心翼翼地开始询问了。

"墨野先生？"不知为什么俊子一下睁大眼睛，但随即嘴边又绽开了笑容，"他和我死去的丈夫很要好，因此，我和他见过几次面。"俊子答道。

"您丈夫已经故去了？"

我心中不由掀起一阵骚动。这么说，她和我一样是个寡妇了，而且，她现在似乎处于比我更有利的位置。

"是的，已经死去一年半了。"俊子脸上浮现出一丝寂寞的神情，答道。

"对不起，我使您回忆起不幸的事情。"

"没关系。我看得出来，您和墨野先生的关系似乎很密切，我从来没有和他单独吃过一次饭。"

听了她的话，我转忧为喜。要是她说的是实话，那么，处于有利位置的是我了……

"您若打算和他结婚，那很好，如果仅仅是男女交际，那么我要提醒您。"俊子说出奇妙的话。

"为什么？"

"难道您还没有注意那个人有一种令人可怕之处吗？他是一个把伤害女人不当回事的人……"

"伤害女人……"

"是的，女人的身体，女人的心……"

我正急于追问这谜一般的话包含着什么意思，只见俊子拿起一块巧克力。我把话吞下去了。

——伤害女人，女人的身体，女人的心……

这究竟是什么意思？当然，一定是比喻某些事情的，俊子的话表达出她对墨野有着难以言喻的可怕印象。

我顿时感觉口干舌燥,无意识地拿起红茶杯子。可是紧接着的瞬间,杯子从我手中摔落在地上,我从座位上蹦起来。

眼前,俊子满脸痛苦的表情,两手乱抓自己的胸脯,一下子躺倒在地上。

"怎么啦?俊子女士?"

"有毒……毒,毒……"

我身体仿佛一下子成了冰柱,呆立在那里。

"か,か……み……ちん……"

她是想说,神……我只听清了这几个假名。

我扑向俊子,用力摇晃她,她浑身痉挛,挣扎着,扭动着身体,脸可怕地抽搐着,随即喉咙里咯咯咯地响了几声,断了气。

我放开手,跌坐在地板上。我想大声叫喊,却喊不出来,只是叫道:"毒!毒!毒!"

片刻前还神气十足的女人,瞬间就死在我的眼前,这肯定是剧毒的作用。

但是,红茶我也喝了……

"巧克力糖。"我大声喊。我那昏昏沉沉的脑袋终于明白了真相。

她吃进两种东西。既然红茶里没有毒,那么毒肯定在巧克力糖里。是谁把剧毒用针注射进巧克力糖内,由于针眼被封住,放进嘴里时,感觉不出来,而不一会儿,就发生了像眼前的这种现象。

现在想来,我虽然好喝酒,但对于甜食却毫无兴趣,即便放在眼前,也不伸手。正是这种偏食救了我的命。否则,我们俩人也许会同时死在这地方了。

我浑身颤抖,两手按在地板上想站起来,可是站不起来。

当然，不会是这个老太太制造这种有毒的巧克力让客人吃，有可能是她从什么地方拿来之后，不知道糖里有毒就放在盒子里面了……凶手一定是想杀死这老太太的，俊子不过是她的替身罢了。

"假定说凶手把含有毒药的巧克力送到这里让您吃，却偶然被一郎吃了，那么，他可以说是您的替死鬼……。"

我想起了昨天上松所说的话，感到不寒而栗。

当然，他当时绝没有想到现实中会发生这样的事情。

上松说这些话，仅仅是作为比喻，而这样的事情真正发生了，我觉得他像一个伟大的预言家。我脑海里面不断地想起这样那样的事，又一次两手按在地上想站起来。就在这时，上松三男走进房间里来了。

他一定是先去了我的房间，一看门锁着，就来到了这儿。

"怎么了？村田女士？"他把我抱起来，用发颤的声音问道。

"毒……毒……中毒了！这个人被毒死了！"我终于从口里迸出这些话来。

之后的事情仿佛是一场噩梦。上松三男立刻给110去电话，待到警察来到的时候，我终于在一定程度上恢复了神志，能够说明事情的原委了。

我们决定暂时回到我的房间去。因为过一会儿警视厅还要派人来，我必须休息一会儿，以准备更详细地叙述事情的经过。

"好险啊，亏得我们都不爱吃甜食。"

上松三男身体微颤地说。因为我们过去多次去过菊子老太太的房间，要是我们不喝酒，老太太端出这些巧克力的话，我们可能早就被毒死了。

"是啊，好在我们都是酒鬼。"此刻，我也强苦笑道。

"那老太太看来也是不喜欢吃甜食的人，否则她早就去见上帝了。这位宫崎女士真是不幸了。不过，这样一来，这个案件也许会一举得到解决。"

"为什么呢"

"老太太马上就该回来了。这样，她就可以告诉我们巧克力是谁送来的。因为凶手要把毒药巧妙地注射进巧克力糖里，那么他就不能从百货商店里把糖直接卖给老太太，必须托别人或自己亲自把糖送来。"

"你这样说也有道理。"

"一般情况下，人家送礼来时，不当场打开。盒里的巧克力有可能是老太太后来打开包放进去的。因此，若盒上没有留下凶手的指纹，那就难以判断了。不过，当时如有别人在场，也许能通过其介绍，获得一些线索……"

上松说到这儿，传来敲门声。随即脸色苍白的菊子跟跟跄跄地走进来。

"和子女士，听说您遇到了很可怕的事……好在您平安无事，这真是不幸中的大幸呀……"

菊子好像舌头不听使唤，说话结结巴巴的。

"老太太您到这边休息吧。对面的房子是现场，暂时禁止入内。"

"请您们原谅，让村田女士受惊了，上松先生，给您添麻烦了。"

菊子啜泣着说，这个事件给她的打击远比一郎之死给她的打击强烈。

上松三男待菊子坐下，即开口道："在这种情况下，恕我直截了当地问您，那巧克力是谁送给您的？"

"是一郎送的。"

上松一听，瞬间呆然若失："没记错吗？"

"没错……我好像对你们说过,一个月前,一郎来找过我,那些巧克力就是当时他带来的。我喜欢吃咸饼干而不喜欢吃甜点心之类的东西,不过我想留着以后给客人吃,就装进盒子里。"

"那么,包装纸呢?"

"扔掉了,因为这是一个月前的事了。"

"那么,可以认为他有心要杀您,并付诸行动了。当时,他刚刚开始他的事业,急需金钱,从这方面看,他要杀死您,是可以说得通的。"上松加重语气说,"之后,他每天都急切地等待着您的死,可是他也不能问您:'您吃了那巧克力了吗?'所以他会不断地给您来电话。"

"啊,您这么一说,我记起来了。他当时的确不断地给我来电话,告诉我他那位住在医院里的妈妈的病情。记得他当时从不谈他事业的事。他给我打电话,只不过是为了探听我是否活着,您说对吗?"

"我也是这样认为的。您要死了他是会欢欣鼓舞的。他认为,您如果死了,尽管正式继承遗产还需一定的时间,但一定会有人给他提供资金的。从这种意义上来说,他那种被大家公认毫无把握的事业也有他所要干的理由。"上松自言自语地说。

"真是个可怕的人……。这么说,我现在,可以放心了吧?"菊子望着上松问道。

"这是我所希望的。不过,如果是他没有死,被警察抓住而交代了自己的这些罪行,那就没有什么不放心了,问题是……"

"什么呢?"

"他要不是自杀而是他杀的话,那么事情就不这么简单了!"

"可是您认为一郎不是自杀的吗?"

"如果事实确如昨天雄介所说,一郎是自杀的,那一切都可放心了。说他自杀并非没有道理,他颇费心机,制成剧毒巧克力给菊子老太太送去,可老太太偏偏不吃;他自己的事业仓促上马,每天付出各种开支,把老底都花光了,到了山穷水尽:走投无路的境地,于是一横心,喝了毒药一死了之。问题在于,他为什么要选择那个空房子自杀呢?又是谁写信向您通知了那个地点的呢?因而他极有可能是被人毒死的,既然如此,凶手不会像宫崎俊子之死的这个案件似的,业已在什么地方死去或被捕吧!"

这时,菊子哆嗦着说:

"那么,我该怎么办呢?"

"这个我要考虑一下。因为那个送恐吓信的人大概还活着,并要行凶作恶,因而要十分小心谨慎。至于如何采取具体的防卫办法,还是和警察商量为好。"上松说罢,缓缓点上一支烟。

大家沉默。

一支烟全抽完后,上松又接着说道:

"请问,宫崎俊子是什么人?"

"和雄介偶然同姓,并没有么什亲缘关系。不过和我是远亲,因而时时到我这地方来玩儿。去年,她丈夫不幸暴病亡故,一个人很孤单,又没有孩子,好像准备再婚,我还跟她开玩笑,说,要给她买些什么东西作纪念品呢……"

刚才的恐怖使我好像处于虚脱状态,连开口的力气也没有了。

上松不再追问。

现在看来,宫崎俊子之死是事出意外的。

至少,可以认为凶手没有要杀害她的动机。因而,现在还没有必要去调查她的身份和经历。

"现在必须通知她的家属。从您刚才的介绍推测,宫崎女士现在住在她娘家吧?"

"她娘家只有继母一个人。所以,她就一个人住在公寓里。她娘家的电话好像她家的记事本里有。"

这时,门铃响了。警视厅搜查一课的警官们来到。主任是一个叫山根长吉的中年警部,他长着一副凶恶的面孔。我又一次被带到现场,向他们说明事情经过。

不管如何,我和死者宫崎俊子素昧平生,仅见过两次面,并且是第一次交谈,我不会被当作嫌疑者的。我一边这样自我安慰,一边仍对自己的处境感到忐忑不安。

十三、参加暴力团体的学生

在现场被警察进行种种询问以后,我筋疲力尽,回到家,喝了两杯威士忌,心情才略为平静。我经历了一场从未有过的难以言喻的恐怖和不安。

许多推理小说以冤假错案作为题材,它们的情节大都是:狡猾的凶手如何设下圈套,人怎样上当,蒙受不白之冤,以至几乎被送往刑场……

过去,我总以为这不过是小说家们的丰富想象力杜撰出来的借以吸引读者的情节罢了。可是如今,当自己被逼到这种境地时,也不由得相信,现实中果然有这种事,我就是这种无辜的牺牲者。

"我大概会被当成杀人凶手吧。"当谷口菊子被带到现场后,我向上松三男问道。

"您大可不必如此担心。"上松摇摇头。

"您和被害者可谓素昧平生,除非是精神病患者或杀人狂……可您一看就知道是正常人。"

"可是,事先我知道肯定有人在暗算菊子老太太,本应对她家的食品百倍提高警惕,然而我却一时疏忽,让被害者吃了巧克力。这一点恐怕警察要深究的。"

我这样一说，上松脸上露出忧虑神色："我理解您的担心，不过绝不会发生冤假错案的。"

他突然从口里蹦出这话，本身就说明他有这种担心。

"我曾听一位律师说过，"上松以劝慰的口气道："蒙受不白之冤的人大都是性格孤僻，不善交际的，这种人在警察讯问时，总一味地表白自己，往往说出自己不利的话……当然这是一般而论。而您，有我们在旁边，因此不要担心会发生什么于您不利的事……"

当然，他是为了让我冷静而安慰我。

"可是，被害者是墨野先生的朋友，请您想法打电话告诉他，请他在尸体送往解剖之前务必见死者一面，您看怎么样？"

上松眉头紧皱，叹了一口气道："这我刚才就想到。可是给他打了几次电话，他都不在。一时联系不上，傍晚之前再想办法吧……"

事出突然，联系不上也难怪，不过，我想到过几个钟头或许能见到朝思暮想的墨野时，才振作起来。

"被害者在死前，还顺嘴说了些令人奇怪的话呢。"我注视着上松，战战兢兢地说："我和她初次交谈，无话可说，只好谈到我们都认识的墨野先生。想不到，她对墨野先生十分不满。她问我：'您难道没有意识到墨野是一个满不在乎地伤害女人的男人吗'我说：'什么？伤害女人？'她又说：'是的，伤害女人的身心'。这一字一句，我记得很清楚，说罢她就剥开那巧克力糖……"说到这里时，我看到上松脸上出现愤然神色，赶快收住话语。

"墨野是一个正派的男子汉呀！"沉默片刻，他低声道。"不过，对女人麻木不仁这也是事实。但不要怀疑他是同性恋者或性无能者,他很爱已故的太太,他们之间还有一个可爱的女儿呢。他和被害人究竟是什么关系,我当然不知,但可以相信,他们之间没有特殊关系。可能是她对墨野怀有类似单相思的微妙感情……而当这种感情没有得到满足时,就如同偏执狂,或精神病患者似的,嘴中喷出对墨野不满的言语。恕我直言,嫉妒之心,人皆有之……"

上松大声叹了一口气,接下道:"但是我知道,他对您怀有一种有别于对其他女人的不寻常的感情。而且,我也不至于傻到竟看不出您已经爱他的程度……总之,希望您度过这个窘境,我估计他向您表白的日期不远了。"

我默默地点点头,甚至感到刚才那种担心受嫌疑的恐惧也消失了。

终于,在四时十分等到了墨野的电话。

"村田女士,据说又发生了奇怪的案件……"

从墨野平淡的语调里感觉不到他激动和悲怆。看来上松说的不错,墨野对俊子没有什么特别的感情。我不禁又一次叹了口气。

"是呀……太可怕了。我从来没有经历过这样的事……"

"这是可以理解的,一个熟人得了不治之症,我们见到他临终的情景,尚且可怕,何况是一个活生生的人在眼前突然死去,发生这样的事,我也没有意料到……请让上松君接电话。"

上松三男接过话筒,和墨野谈了几句话后,对我道:"墨野说,今晚抽出两个小时,到这里来一趟,届时和我们共进晚餐,您看怎么样?"

"太好了,哪怕半个钟头,我也想见他一面。"

"反正,我们要送老太太回去的,因此我约他七点钟在饭店等我们,好吗?"

"好的，无论什么地方，我都奉陪！"我抑制住激动的心情回答道。

墨野陇人坐在饭店一楼的吃茶店里，边喝果汁边等待我们。或者是因为这几天的疲劳，他那清秀的脸庞，显得更加消瘦了。

"您辛苦了，实在对不起。"

"让您受惊了。"

短短的寒暄，令人感到情深意切。

为了菊子的安全，我们在三楼日餐食堂共进晚餐。菊子走到下座，两手扶膝，极为郑重地对大家寒暄道："由于我的前世造孽，以至遇到种种不幸，致使村田女士吃了大惊，又给两位先生在百忙之中添了麻烦，实在抱歉之至。还要请诸位劳神费力，尽快逮住这个可怕的凶手，好使我这老朽安心，至于报酬，请不必客气地提出，无论多少，我将奉送。"

"我们将尽力而为。不过，发生了这个案件，警察已全面出动，我们不好介入了。"墨野苦笑道。

"可是，如今的警察，即使是形迹可疑的人，若不掌握确凿的证据，也不加以逮捕。如此让凶手逍遥法外，说不定在什么时候，我这个老太婆也会被杀死的，我真担心呀。"

"可是，即便是战前，警察也不能光凭某些人的推理去逮捕人吧。战后的警察法比战前要完备得多。"

"那可未必。战前法严厉，读共产党的书，就是犯法，弄不好，还要轮流在几个拘留所蹲半年到一年呢。"

"这我听说过。不过在战前，对待政治犯和刑事犯也是不一样的。"

就席之后，七十五岁的老太太和很有翩翩学者风度的墨野进行如此学术式的交谈，以致使来订菜的女招待也面露惊奇之色。

上松见状，按照自己的爱好给大家要了啤酒并点了菜，那两人还继续进行微妙的谈话。

"那么对逮捕了的杀人凶手也不能拳打脚踢了。"

"敢那样干吗？殴打犯人是要受追究的。按照新宪法规定，被告在没有正式被宣判前，一律按无罪对待，这是出于尊重人权啊。"

"是吗？"菊子叹了口气又道，"可是，我年老保守，好厚古薄今，我想要是像过去，连读共产党的书也要遭逮捕，那现在就不会经常发生学生运动了。战前，学生一闹事，军队就出动，至少那些为首的人，被宪兵队或特高课逮进去，难以活着出来。"

此时，我心中不禁一惊。我并不完全同意她的看法。但是，作为七十五岁的老太太，她的想法有一定道理。她的话语中，包含对参加暴力团体。现在去向不明的侄儿佐川义雄的爱情，她大概以为警察如果像战前采取强硬取缔手段，那么她的侄子也不至于卷进什么运动了。

老太太这种想法连我瞬间都能联想到，何况墨野，他马上问："老太太，您一定在想您侄儿的事吧。"

"是啊，比起五个外甥，我是很疼爱这侄儿的。如果他能幡然悔悟，干一番事业，我即便把全部财产给他，也在所不惜……"

"那么，最近您见过义雄君吗？"

"没，没有……"

"那就奇怪了。前不久，村田女士在电话中告诉我，大约一个月前的一个夜晚，她看到一个年纪不到三十岁的年轻人想进您的房门……"

我不禁吃了一惊。我记不清这件事，因而绝不可能给墨野打过这样的电话，一定是墨野在耍弄什么鬼把戏，可是，意外地，菊子露出不安的神色："那……那肯定是谁找错了房间了吧？大概是哪一个年轻人喝醉了，按错了电梯的按钮……"

虽然这时招待员端来啤酒，但上松三男交叉着手，直愣愣地望着他们两个人。

"您可不能撒谎呀！"墨野冷笑道，"您如果预感到自己生命危险而求助于我们，那决不能对我们有所隐瞒。实际上，您不如实回答我的问题，这我一眼就能看出来的。只要没有确凿的证据证明您的侄子和这个杀人案件有直接关系，我决不会告诉警察有关您侄子的事。但是，在我看来，有关恐吓信和这些杀人案件，除警察和上松君所想象的之外，还有几种可能性，我们在追查这几种可能性时，有可能得到意料不到的解释呀。在这种情况下，您难道还不愿意如实地将真实情况告诉我们吗？"

"……"

"您如果还要继续保守秘密，那悉听尊便，饭后，我们就此告别，案件进展到这个程度，警察已经介入，您可以不必过于担心您的生命危险了。再说，上松君十分繁忙，村田女士已经为您操够了心……"

"对不起了……墨野先生。"菊子两手扶膝，俯首道，"对您还撒谎，实在是我的不对，我再也不对您哪怕隐瞒一点儿事情了，我将把全部事实告诉您。请您恕罪，还要您帮助我呀。"

"那您就说吧。"墨野又对我说道。

"村田女士，你们喝啤酒吧。上松君，你累了吧，也该润润嗓子了。"

我给大家的杯子里倒了啤酒。上松好像要说什么，只啜了一口，就不喝了。而我一个女人，也不能有失雅观而单独咕嘟咕嘟地喝。

事实上，义雄每个月都要来我家一次。菊子用手帕擦眼睛，开始道。

"他是来向您要钱的吧?"

"是的。他说,要是他一个人,并不需要多少钱,只是因为需要很多活动经费,此外,还要支付同伙的生活费……我虽然是一个极为讨厌那种暴力团体的老太婆,但是当见到如亲孙子似的他,心就软下来了。"

"那么,您一次给他多少钱?"

"不过二十万圆。"

"嗯。二十万圆,作为一个人的生活费绰绰有余,但远不够作为他的团体的活动经费。那么,您知道他住在什么地方吗?"

"他说这是秘密,绝不告诉任何人。"

"真的?"

"我已经向您保证,我绝不隐瞒任何事情。"

"那么,请您告诉我,他到您家的情况如何?"

"说他像乞丐,一点儿也不过分。每次总嚷着肚子饿,狼吞虎咽地把我吃剩下的冷饭、冷菜和咸菜一起吃光。"

"他离家出走已经有相当长时间了吧?他是从什么时候开始来您家的?"

"好像是从一年前开始的。当时,我不住在现在的公寓里。"

"因为我不了解具体情况,无法估计他会被判处什么刑。不过,若能坦白自首,定能获从宽处理的。您有没有劝告他停止活动,脱离他那团体去自首呢?"

"我从开始就苦苦劝诫他,但毫无效果。他对我滔滔不绝地谈论起来,而我这样一大把年纪的人,全然不知道那一套奇谈怪论。"

"这不足为奇。不要说您了,就连我这样的年轻人,也不了解他们。"墨野叹了口气道。显然。他也不是所谓的"进步文人"。

十四、"伤女人的心"

这时候,菜已端来,可是谁也没有伸筷子。上松面前的杯子,依然留有大半杯啤酒。

"最近一次见面,他情形如何?"墨野一口气喝干变凉了的茶水,又开始问道。

"可能因为为非作歹,他的身体虚弱不堪。他咕嘟咕嘟地喝完了自己带来的一瓶威士忌,就昏昏沉沉地睡着了,无论怎么摇晃也醒不了,我只好让他在我家睡了一个晚上。"

"当时,您当然不会通宵达旦地看护着他了。"

"是啊,我这么大年纪,不能彻夜不睡。"

"他说他患了什么病了吗?"

"他说一天到晚四肢疲乏,一躺下就能昏昏沉沉地睡去。他喝一点儿威士忌就满脸通红,过去,他可不是这样的啊。"

"三十左右的年轻人,没喝酒就感觉浑身软绵绵的,那多半是因为肝、肾或是心脏出了毛病。他请医生检查了吧?"

"没有。他说,人终归要死,当自己意识到不久于人世时,就应该尽快干出大事业来。他说这话时,脸色十分惊人。"

"'干出大事业',这是令人担心的话。是什么事业,他说了没有？"

"这他没有直说。不过，经你这样一问，我想起来了。他昏睡后，像说梦话似的不断重复什么枪呀、军费呀、革命呀这几句话，好像是当着成千上万的听众发表演说。"

"枪、军费、革命吗？看来他是一个相当铁杆的过激派，是一个头头。据说最近暴力集团的活动相当频繁。"

"还说他们正预谋袭击警视厅，夺取枪支弹药，袭击银行，夺取现金。之后，进行更大的行动，譬如强占首相府，建立什么革命政权。他们满以为这样一来，就干出一番大事业了，其实这不过是他们青春的狂热罢了。"

"请问，最近他逼您给他远远超过二十万、三十万圆的大数额的钱了吗？"

最后，墨野以尖锐的语气问道。菊子听了，颤抖着身体，小声答道："是的。"

"多少钱？"

"他提出需要三千万圆。"

"他说要用这笔钱干什么？"

"说是要建立一个理想的社会。他们的所谓理想是什么，我一点儿也不知道。"菊子用手帕掩住眼帘，"又是我这老年人爱抱不平。昭和初年的那些右翼分子，暗害政治家固然不对，但他们好汉做事好汉当，和警察是一对一地拼，决不逃避躲藏，这种精神令人钦佩。而现在的闹事学生又怎么样？戴着钢盔，用白布蒙着脸，成群地和警察机动队乱打乱斗。这样的人能建立什么理想的社会？大家都像他们，那日本国可就要乱套了。"

墨野睁大眼睛听着。我已经习惯了老太太充满"爱国之情"的谈话，我想，第一次听她这么慷慨激昂地陈辞的人，不受其影响才怪呢。

"您这些话留作以后陈述吧。不过,即便是三千万圆,作为办事业的经费,那也不过是杯水车薪。"

"这些暴力集团的人往往是脱离现实的幻想主义者。令侄恐怕想用三千万圆从外国秘密购进武器,或者训练几十个以至几百个成员。而现实中,他们的梦想是决不能实现的,他如果这样办,这三千万圆就等于扔进臭水沟了。"

"……"

"您大概还没有答应给他这笔钱吧?"

"您所说的,也是我所想的。我丝毫不想把这笔钱给他。"

"他是软硬兼施地向您要钱吗?"

"他说得很可怕:我们革命成功之后,所有的财产国有化了,您应该趁财产没有归公之前拿出一部分支援革命,这才合适呢。不过,他没有直接威胁我。"

"是吗?因为他也知道,他没有继承权,杀死了你,也得不到财产。"墨野仿佛自言自语地说,他以尖锐的目光望着菊子,"老太太,您除了存款和不动产以外,还拥有有价证券,譬如股份吗?"

"有一点,按时价,大约有二千万元左右。"

"这些证券放在什么地方?是银行吗?"

"是的,放在明和银行本分支店的地下铁柜里。"

听罢,墨野长叹一声道:"今天我们的谈话到此结束,现在用餐吧。"

之后,我们几乎默默地吃完晚餐。

送菊子回房间以后,我们又到一楼的酒吧间。上松和我要了白兰地,墨野要了可口可乐,我们又喝起来。

"对不起,今晚要不喝杯酒,实在受不了。"

我突然说了句连自己都感到莫名其妙的话。不过墨野不介意,他说:"没关系。连不沾酒的我,也知道酒能够忘记一切,不过我因体质衰弱,不能吸收酒精。请问,您觉得我对老太太的询问怎么样?因为她毕竟是一个上了年纪的人,而且此次受到不亚于您的刺激,所以我只询问有关上松君告诉我的问题。您觉得我的询问,不过分吧?"

"哪里,哪里。"我摇摇头,随即问道,"不过,那个大概已被学校开除的激进学生佐川义雄,和这个杀人案有关系吗?"

"所谓可能性,是在无限之中,因为再也没有比人心更不可测的了。"墨野以哲学的口气道"无论什么人,内心都潜伏一种残虐性。只不过这种残虐性受抑制罢了。几万年前,我们的祖先就有一种野蛮习俗,在举行宗教仪式时,砍俘虏的头祭祀。甚至在二十年前的战争中,规定杀人越多越好,杀人多者为英雄。从刚才所说的佐川义雄的名字,我想起了终战前不久,也有一个名叫义雄的日本兵,他在中国竟然强奸杀害了十个妇女,被称为一代淫兽。我之所以举这样的例子,就是想说明一个人内心所潜伏的残虐性,一旦不被抑制而膨胀开来,能干出令人不可思议的坏事。"

墨野尖锐的心理分析使我不寒而栗。他是经济管理学家,却对犯罪心理分析得如此透彻,完全出乎我意料。

"村田女士,您害怕在这第二个杀人案件中蒙受不白之冤吧。"

不知道是否是上松告了他,墨野一下子问到我的要害问题上了。

"是的,的确非常害怕。"

"从理论上说,您这种害怕有两个原因:其一,因为您,也包括我和上松君,有一种就像刚才我所说的残虐性。坦率地说,任何人都有一两个很可恨、非杀死不解恨的人,要是不被问罪的话。如果您过去没有见到她和我亲切地谈话，您就不会害怕蒙上冤罪了。之所以有这种害怕心理，是因为您心中潜伏着一种甚至自己也意识不到的念头：她要是能够在和我一起喝茶的时候死去就好了。这种潜在的期待就在眼前实现了，因而您才怕在这个实际上和自己有关系的案件中被蒙上冤罪。"

这真是一个可怕的人啊——我心中不禁叫道。随即，身体也发起抖来，连乳房也感到疼痛。

"伤女人的心"，这句话微妙的含意我总算理解了，一般的女人是不愿意和这样的人相交的，除非像我这样对他怀有炽烈感情的人。

"我可能言过其实了吧？"墨野嘴唇微翘，自嘲地笑道。

"其实，您可能误会了。我和她只是一般关系。当然也没有让您杀死她才痛快的关系。男女之间若是萌发这种念头，那百分之九十九是因为对方背叛了爱情的缘故。当然，我本来就是一个对女人相当冷漠的人，这一点，您大概已听上松介绍了。总之，当时我介绍说'是朋友的妻子'是对的，那是为了不引起误会。"

"好了，您不必解释了。"我说道。对我来说，他解释的太多了。再者，那个女人死去的情景历历在目，我真不想再谈到她了。

"此外，第二个问题……"墨野以平静的语气继续道，"谁也不能否定这个意外的案件是死者吃了松浦一郎拿来的巧克力糖而引起的。可是，在松浦一郎已经被杀的现在，再也无法核实放毒者是否真的就是他。人们还可以认为，巧克力糖是他拿来的，而注入毒药的则是别人。"

"也就是进出这个房间的所有人都有可能被当作放毒的嫌疑者。其中包括我本人，是吗？"

"……所以，您不是害怕蒙受不白之冤吗？当然，警察未必这样怀疑您。至于佐川义雄，既然他在这间房子里哪怕只住了一个晚上，那么我们也可以怀疑他。"

"不过，很难设想他有杀害老太太的动机。"

"是呀。如果说存折和股券放在房间里的什么地方，被他知道了，他想谋取三千万元……不过他没有这种机会。"墨野不由得苦笑道。"我觉得今后这些激进派可能会采取令人可怕的行动。我刚才所说的人人皆有的残虐性，已经在他们的行动中表现出来了。他们最近提出要进行一场'街巷战'。并说警察和机动队是反动政府的走狗，不妨杀死他们几个人。因而现在对他们来说。他们的残虐性已经不是潜伏的了。"

"他们所谓的'街巷战'，我在电视里也看了，好像是战争……火烧安田讲堂看来就是'街巷战'。"

墨野瞬间闭着眼睛，叹息了一声："只要头脑正常，谁都不否定他们的精神不正常。而且他们潜入地下，与社会隔离开来，变得更加反常。这一点已经被心理学法则所证明。所以他们犯罪的可能性相当大。大概在他们看来，杀死警察，夺取枪支，袭击银行，夺取现金，是他们的革命行动。我总预感他们以后会以什么理由犯下滔天之罪的！"

"也就是这个佐川义雄身上可能有杀人狂之癖吧？"

"至少不能说没有。另外，他很可能和这三个嫌疑者中的某一个人勾结。"

"即便老太太死了，佐川也没有遗产继承权。至少他的所谓革命，没有成功。他也无法主张自己拥有一份老太太遗产的继承权。但是，他如果勾结那三个人中的一个，杀死老太太，以争得一份遗产，那是很有可能的。"

我不由得叹了一口气。这恐怕就是推理小说中常有的委托杀人吧。

"要是这样，就难以解释凶手为什么采取这种放毒方法了。因为把毒注进巧克力，由于不知道所要害的人什么时候吃巧克力，凶手需要耐心等待。与此相比，倒不如把毒投进红茶或什么里面，让老太太当场喝了很快死去更好。另外，委托佐川去杀害老太太的同伙，为了证明自己与案件无关，很可能在此期间离开本地外出旅行，可是他们并没有这样干。"

"是啊，经你这样一说，我的设想也难以成立。"

墨野苦笑道："可是，由于上松君对老太太采取保护策略，使得凶手难以得逞，以至老太太现在安然无恙。不过，切勿忘记，佐川义雄是曾经在深夜住过老太太房间的唯一一个人，不管现在的假说能否成立，我相信他和这个案件有某种关系。"

十五、两种毒药

第二天下午,由于墨野能抽出三个钟头,我们决定去市川的现场进行"现场验证"。我乘电车提前二十分钟就来到碰头地点市川火车站:十分钟后墨野到了,稍候,上松和菊子也坐出租车到了。

我们一同坐上出租车前往。不一会儿,车停在河边堤上。下了车,我们沿着一条狭小的道路走了二分钟左右就到达现场。

这座建筑一看就知道是战前落成的。构造简单,大门是嵌玻璃的拉式门。

墨野抱臂久久凝望了一会儿,之后,回头问菊子道:"请问,这房子占地面积和建筑面积各是多少?"

"占地面积二百坪左右。建筑面积三十坪略多一点儿。"

毕竟是七十五岁的老婆婆,她不知道一坪等于三点三平方米。

"假定一坪值二十万圆,单这块地皮就可卖四千万圆了。作为不动产的房子,建筑物一般不算钱。"

说毕,墨野接过钥匙,打开了门。走进房子前,菊子两手合掌,低声念:"南无阿弥陀佛,南无阿弥陀佛。"

进了大门是一个三铺席的屋子，走过这间屋子，穿过走廊，是四间面积分别为六铺席、八铺席、六铺席、四铺席半的屋子，其中第三间屋子是西洋式的。和普通建筑一样，房子里也有厨房。洗澡间和厕所。二楼据说是两间面积都为六铺席的屋子。

在那间杀人现场的八铺席屋子里，旧的铺席上卧着白粉笔画着的人形，其两脚向着壁宠，两个手臂张开，整个人形比起大字来更向十字，令人感到可怕。

墨野叫上松打开木板套窗，目不转睛地望着这个人形。大家默不作声，唯有菊子还是双手合掌，口中念念有词。

"院子这么大，这屋子内有动静，邻居大概也听不到，何况还关着窗户呢。"墨野把眼光转到庭院后，自言自语地说。

"老太太，您在这房里住过吗？"

"战时，我原来的家毁于战火后，我搬到这里住过一个阶段。当时，许多人往外地疏散，东京一带的房子价格暴跌，几乎等于白给，我只花了九千六百五十元就买下了这所房子。原来的房主大概认为与其毁于空袭，倒不如贱卖了赚一点儿钱好。"

"可是如今，价格变为原来的六千倍以上了……当时，将近一万元也是一笔可观的钱。这笔钱，您是从什么地方得到的？"

"我公公是会津酒厂的老板，我丈夫是长子，本来可以继承家业，可是公公死时，他把工厂转让给弟弟，代之得到一些股券、现金和几处土地，在这时，算是个富人。他精于算计，只好有合适的地皮，他都尽量买到手。"

"您的丈夫虽然是药学博士，但很有理财能力呀，当时那些家资和买下的地皮如今变成您超过十亿圆的资产了。"

墨野以一种钦佩的口气说。接着，我们把房子上下里外初步检查了一遍，但没有发现什么可疑迹象。不过厨房里有一个至今已经少见的手压式水泵井，令我们感到好奇。

"有了这水井，就不必担心什么时候没有自来水了。"墨野低声笑道。

我们在庭院里散步，同样毫无收获。但墨野并没有失望的表情。

"墨野先生，难以想象在这样的空房子里能毒死人。凶手究竟使用了什么毒药？"走到庭院一隅时，我忍不住问道。

墨野语气平静地说："我已经弄清楚了。我有一个朋友在警视厅担任要职，通过他我了解了搜查的整个过程。据说毒物是尼古丁。"

"尼古丁，那不是烟草的成分吗？"

"是的，从烟草中提炼出纯粹的尼古丁，因为需要特殊设备，非一般人所能做到，但提取杀人用的尼古丁，却是简单的，只要把烟草放入泥中煮出液体，然后将液体加以浓缩就可以了。这种浓缩的尼古丁沾到譬如文身用的针上，刺到人身上，被刺者不一会儿就会倒下去。当然被刺者能否马上死去，要依剂量大小而定。据我的朋友说，一郎是躺倒以后，又被人从口里倒入相当多的尼古丁浓液。看来，凶手心狠手辣，非置被害者于死地不可。"

"那么，巧克力里的毒药也是尼古丁了？"

"不，是氰化钾，即砒霜。因为每个巧克力都被放进致死置数倍的氰化钾，谁要吃下去一个，不一会儿就会发作而死。当然，不该死的人一吃下去觉得味道不对，会将之吐出来……这就要看人命运中该死不该死了。"

"这么说，凶手是交替使用两种毒药行凶了？"

"若是出于同一凶手之手，可以说是交替使用……总之，尼古丁因为普通人可以制造，凶手不必通过什么门路就能搞到手，但砒霜,非特殊需要难以买到,凶手可能通过什么门路搞到的。警视厅正想通过砒霜这条线顺藤摸瓜,但实际上也不是一下子就能摸到的。"

墨野说着,目不转睛地望着房子。

"那么,被害者的鞋放在什么地方了?"

"据说,鞋是放在大门口的木屐箱里。太令人不可思议了。这是所空房子,在普通情况下,来者都把脱下的鞋随便放在门口地板上。可是,他像个进来以后一时不出去的住户一样,把鞋整整齐齐地放在屐箱里……这个谜我一时也解不开呀……"墨野自嘲地微微笑道。

"或者因为他债台高筑,为躲债而到这儿来。这里,除了二三子偶尔来扫除外,恐谁也不会进来。况且,这里生活方便,有厕所、盥洗室,甚至还有干净的水井。至于吃饭,可以买进干粮或到外面去吃。"我将自己的想法告诉墨野。

"您说的这种可能并不排除。"墨野轻轻颔首称是。

"据上松君的介绍,他是一个想入非非,但没有能力、依赖性强的人。这样的人办什么事业,总是马马虎虎,在得不到而以为能得到赞助的时候却盲目地花钱,以至于弄得十分狼狈。可是,最后还幻想有人出来为他收拾残局。不过,据警察说,他还有四万元放在纸包里,虽然这笔钱远不够还债,但足以支撑三四天的旅馆生活。他为什么在没有花完这笔钱的时候就躲进这空房子里呢?再说,他又怎么进来的?是门刚好没有锁,他溜进来的吗?他总不能指望这种偶然吧。"

"不能排除二三子给他开门的可能。他们闹过别扭这是事实,但毕竟是兄妹,在哥哥患难时妹妹心怀恻隐,不能袖手旁观,就让他躲到这里来了。"

"言之有理。不过,据上松君的印象,她不像撒谎。再说,她即便骗得了我们局外人，也难以逃过老练的警察的眼睛。"

"那么，他是否为和谁见面来到这里？是谁先躲在这里的？"

"有关这个问题，谁都会回答有可能是佐川义雄，但警察经过彻底调查以后，认为没有人在这里住过。这种看法虽然不能肯定，但我们刚才看了一遍，也没有发现什么。不过如你所说，倘若有人躲到这里，只要能忍耐没有被褥之苦，并非不能在这里居住。可是……"突然，墨野象发现了什么似的，一下闭住了嘴。

后来，我们来到二三子经营的美容店。

这是一间只雇佣两个女工的规模最小的美容店。此时客人正多，一时无法交谈。

二三子在二层的房子里接待了我们。墨野主要询问她和一郎的关系，可是没有新收获。

俗话说"兄弟不如父母亲"。一旦长大成人，各自成家立业，兄弟姐妹就无法保持孩提时代的亲密之情了。允其在这种情况，看来，疲于生活的二三子再也无心思去关照这位明显的性格畸形的兄长。

离开这家美容店。我们回市川火车站前，走进一家吃茶店喝咖啡。

"怎么样？有什么收获吗？"我问。

墨野苦着脸摇头道："看得出这位太太是个诚实的人。应该说她和这个案件没什么关系，可是我们没有见到她丈夫，不知道他如何。"

"据说明天在火葬场举行给死者守夜的仪式，后天举行葬礼。他们夫妇会参加的，届时可以找到她丈夫，或许能够从他口里了解到什么。我陪您去。今天因为是不宜出殡日，火葬场不开门。另外，可能解剖尸体，现在无法去找他了。"

"您说的有道理。可是很遗憾,我明天整天有别的要紧事,抽不出时间来,"墨野无可奈何地说。如果是推理小说中登场的名侦探,这样的时候肯定会全力以赴去侦破案件的,而现实中的墨野却并不能简单地做到这一点。

"那么,老太太,您现在有什么打算?"

"什么?您说什么?"菊子愣了一下,问到。

"我是问您还打算在饭店继续住一段时间吗?"

"噢,是这件事啊。当初一听说让我住饭店,我就害怕,而现在已经习惯了。再说,如今在我家里如此可怕地毒死了人,我再也不敢在这里住了,打算以后另找房子住。在这之前,我准备继续住一段时间的饭店。"

"对,这样好……虽然案情已经发展到这种程度,警察未必常常登门调查,但您必须告诉他们您现在的住处。我想,您大概已经告诉了?"

"是的,我已经将饭店和房间号告诉警察了,但是,当吃饭或干什么事而离开房间时,我还是很警惕。"

"这一点,我无须交代。除了警察,知道您住在饭店的。就是我和村田女士、上松君三人。此外,不会有人知道吧。"

"是的,我虽然老,但也惜命。我知道,现在还有人在暗中算计我,我怎能把秘密泄露给别人呢。"

"您知道就好。看来,这个案件一时侦破不了,因而保持高度警惕至关重要。其实,我甚至认为您还是住到医院为好。"

"我虽然上了年纪,但对身体还自我感觉良好。我饭吃得有味,觉也睡得香。这十年来,从来没有看过病。"菊子愤然道。

"是呀,我虽然不是医生,也能一眼看出来您很健康。可是年岁不饶人,上了年纪,说不定什么时候生一场大病呢。我认为还是住到医院,进行短期的身体检查为好。"

"没有这种必要。从前我请人看过手相,说是我可以活到一百岁呢。我只要不被杀死,还能活下去。再说,现在医院床位紧张,每个医院都有几十几百的病人等待住院,像我这样健康的人何必去凑热闹,而影响其他患者的治疗呢。"虽然她是个顽固老太婆,但在这个问题上,她说得还有一点道理呢。

墨野深深地叹息一声,沉默不语。

十六、恶魔似的人

由于在第二次杀人事件中我负有间接的责任，所以在警视厅让我填写了详细的调查记录之后，刑事又来讯问过一次，并未过多的追究。

从刑事门口中得知，宫崎俊子的丈夫是个医生，曾在东亚医大内科任讲师。他父亲在三岛经营医院，他曾打算返回故里继承父业，但是未竟而身先死。

俊子的娘家在静冈县富士市。她的葬礼要在故乡举行。我想是不到那儿去的，虽说我负有间接的责任，但这和开车撞死人是截然不同的，再说谷口菊子也不想去。

令我感到悲痛和恐怖的是一个活生生的人就死在眼前。为了镇定自己的情绪，我只好自我劝慰：俊子的不幸完全是一种偶然。

我自然被免除了看守菊子外出时的录音电话的事。菊子把钥匙交给了警察，警察每日来查看一次。因为我再也不想进出那个房间，免去这个差事，我倒觉得松了一口气。

可是，第三天，即一郎葬礼结束后的翌日，这桩连续杀人事件的第三幕也终于揭开了。

这一天，我起床，化好妆，已经十点左右。当我到大门口取报纸时，门铃响了。

"谁呀？"我问。

"我是前些时在老太太处见过面的清原健司。"

清原健司——菊子死去的兄弟的情妇的妹妹的婆家的堂弟。就是他介绍那个所谓无燃料发电的"发明家"，曾到菊子那儿欲索取几亿元资金的。

老实说，我并不想见他这样的人。但又不能象拒绝那些走街串巷卖商品的商贩一样给他吃闭门羹。

"总之，请您给我开开门好吗？有重要的事要对您讲。"他一再央求道。那么，和他站着谈一会儿吧。我想着，就从安全门镜中向外张望。当确认是他之后，慢慢地打开了门。

"有什么重要的事？"

"不便在这儿站着说话。"

可是我不想引这样的男人进到房间里去。

"这是单身女儿的住居，会被人说闲话的，"我拒绝道，可是对方并未甘心。

"那么，到老太太房间里谈吧。你是他的秘书，一定有她房间的钥匙吧？"

"虽说是秘书……发生那起事件后，我就把钥匙还给她了……"

"是吗？"

健司的眼睛里闪着一种异样的光芒，仿佛在思考什么令人恐惧的事。

"那么，这附近大概有较安静的吃茶店吧？已经十点钟，该是店铺开门的时候了。我要尽快对您讲，因为这是性命攸关的大事！"

我想，也许这是他故弄玄虚的表演。然而，在我的心中产生恐惧感的同时，也涌上来一种好奇心。

"那么，出这个公寓，在通往大街路上的第二个拐角处，有一个叫作'拿破仑'的吃茶店，您就在那里等我吧，我马上就去。"

"那您一定要去呀！"他又叮嘱一次后，轻轻地躬身一礼，向电梯方向走去。

我返回客厅，给上松挂电话。上松不在，回答的是录音电话的声音。于是，我单方面地讲了刚刚发生的事，并告诉他吃茶店的名字和地点。谁也说不准十分钟后他会不会回家。

我走进吃茶店的时候，健司正抱着双臂坐在角落里的桌子旁边，面前放着一杯咖啡。

那姿势颇像一个讲求礼节的绅士。

我坐在他对面，也要了一杯咖啡。"让您等了。您要说的是什么事情呢？"我不让他看出一丝一毫的破绽，有力地问。

"我给老太太打了几次电话，都没打通。我想也许是她上了年纪，又有病的缘故，把电话切了吧。后来我听说她出了事，就去问公寓管理人，他说，您知道事情的经过。请问，老太太现在到底在哪儿呢？"

他开门见山地道。我也毫不示弱地回答："这是件对任何人也不能讲的事。老太太和警察都一再这样提醒我。"

"是吗？您真是一个忠实的秘书呀。那么，我也就不想再打听什么事情了。只是有个相当紧急的情况，希望您转告老太太，就说我急于要见见她。可以吗？"

"告诉我是什么紧急情况后，我才能……"

对方显出急躁的样子："对不起，您作为秘书，从她那里领取多少报酬？"他突然这样问道。

"我们没有谈过报酬。我即使不工作,也不缺穿少吃呀。"

"这么说,无偿为她服务是出于对老太太的爱了?"

"啊,说到爱,也许确实如此吧?"话题微妙,我也只能含糊其词,"不管如何,她是一个孤老太太,又出事了,我想为她出些力也是人之常情。况且,我一看到那老太太,就想起了把我从小抚养大的奶奶。"

"我理解你的心情……不过,怎么样,把你的这些爱忘掉几分好吗?"

"你说什么?"我感到意外,瞪大了眼睛。在对方看来一定是柳眉倒竖了。

"噢,我要说的话可能不中听。"清原健司苦笑着,点上一支香烟。

"如我前次所说,津田先生的研究前所未有,对日本国极为有利。如果这项发明成功,仅从经济效率来看,可获得几十亿、几百亿元。可是,目前由于某种特殊原因,制造这种试验装置,已到了争分夺秒,刻不容缓的境地,可以说,关系到一个人的生命。"

"什么?"

我实在是听不懂他话中的含义,上松说过,热衷于这种研究的人,不是个精神病就是个骗子,一种想法掠过我的脑海:也许这两个人都是精神病患者吧?

"听您这么说,我想,那位津田先生或许就要被外国的间谍机关绑架了?或者将被杀掉,然后他的秘密文件被盗走……这类故事,在三十年前的推理小说中还出现过,可是最近根本就没有这类题材了。"

"不是说津田先生。我是说菊子老太太,她如果不拿出这笔研究经费,性命就难保了——我要说的是这一点。"

我不寒而栗。难道这不是一种变相的威胁吗？也许，送恐吓信的就是他！

他阴谋将菊子的遗产继承人一个一个地杀掉，从而使老太太不寒而栗，无比恐怖，以至丧失了健全的判断能力，在这种情况下，他们就能轻而易举地获取几亿圆的财产。

这种类似于妄想的想法，在我脑海中掠过。

"那么，这项伟大的研究，需要多少经费呢？一亿、二亿、三亿、四亿？"

我模仿上松，故意屈指数着。一、二、三、四，每个字的发音抑扬顿挫。可是，对方神色不变，只是唇边浮现出一丝微笑。

"津田先生不过需要五亿元。若您能劝说老太太提供这笔投资，我们将拿出其中的百分之五作为谢礼金奉送给您。虽然您在金钱方面没有什么不自由的，可是，收下这笔无须缴纳税金的钱，也没有什么不好吧？"

五亿元的百分之五是二千五百万。噢，这是作为要让我忘掉一些对老太太的爱的代价吧。我笑不出来，我确实看穿了他的内心，由此观之，他们将如何使用那五亿元的巨大财产，是可以简单地想象出来的。

"是这样啊，请让我再考虑考虑吧。"我故意这样说，以使对方抱有希望，而他听毕，焦急起来："您说再考虑考虑，究竟要考虑到什么时候呢？"

"是这样的，一周左右。我要和一个人商量商量，而他现在出国了，不在日本。"

"没有必要和那个人商量吧？"他哼了一声说，我不觉吃了一惊。"你只要劝说老太太就行了，无须别人的帮助。"

"可是……"

"虽则如此，也并非要您在今明两日决定，大后天，不，第四天下午六时之前，都来得及，

"您单方面强加给我的条件，恕我无法接受。"我终于生气了。

"五亿元这是庞大的金额。老太太手头没有如此之多的现金，即使有股票，兑换成现金，也需要四天左右，何况是不动产，总不能就卖给左右邻居，那么便当，至少需要一个月才能出手。何况现在仓促出售，会引人生疑，遭到诽谤的呀。"

"这样简单的事，无须您说，我也清楚。"清原健司嘲笑道。

"是呀，在四天内交给我们相当五亿圆不动产的权利书和全权委托书，我知道这是件相当棘手的事，正是因为事情不容易，我们才拿出二千万圆大笔款项作为报酬给您的呀。"

我完全目瞪口呆了。这家伙恐怕是精神病患者吧。

他单方面向对方提出令人哭笑不得的条件，又反以为对方十分乐意接受。或许这家伙办了什么事业，非得在五日之内得到五亿元以摆脱绝境不可，因而心急如焚，采取了这近乎威胁、恐吓的行动。

种种猜测在我头脑中浮沉，一股寒流穿过全身。我想喝一口咖啡使自己冷静，可是拿杯子的手颤抖不已。

"您何必那么激动呢。"对方脸上又浮现出恶魔般的狞笑。

"那个老太太是个大财主。拿出五亿圆之后，剩下的钱比这笔钱还多得多呢。"

……

"再说，'人生七十古来稀'。她已经七十五岁了，超过日本女人的平均寿命，无论怎样保养，也活不了多少年了。"

……

"人到了这么大年纪，又没有子孙，拥有这么多多得发臭的

金钱又有什么用呢？最近，在热海一带风景优美的地方建了专供老人用的公寓，内有温泉浴堂，每套房间为两间六铺席的居室，作为单身老人的住房，那是很宽敞的，有一千万元就可以买下一套那样的房子，并能雇到医生或者护士。在那里，一个月的生活费如果以十万元计算，那么，有二千万元定期存款，光靠利息就可以支付了。对于老太太来说，留有三千万元，就可以富足地度过余生，直至死时都用不完呢。"

……

"你会以为我是威胁你或恐吓你吗？其实，这是交易，这种交易对老太太，对你都是很有利的。当然，对我们来说，不能否定从这个交易里面也可以取得一定的利益，但是，在这种社会中，平等互惠是支配所有人言行的法则呀。"

"请您等一下！"一时好像被毒气吹得张不开口的我，这时才见机开口道。"'平等互惠'，说得好听，得利的是你们，而老太太在你们这个交易中将得到什么好处呢？"

"您这样说，我也没办法，可是，一旦这个震惊世界的大发明问世，老太太也将和津田先生一样名垂青史！"可能是一种无意识的习惯，他一边说着，一边用左手抚摸着脖子。

这时，我感到他给我一种无言的威胁，我只好随便答道："既然如此，我将尽力而为。"

我想尽早结束这场谈话。可是对方好像看透我的想法似的，冷笑道："我认为，你当务之急就是把我刚才的话转告给老太太。可是，您如果和别人商量，那只有百害而无一利。如果别的人，比如警察向我问起刚才的事，我装糊涂反问他：什么事啊？他就无奈何于我了。宪法规定，事不出证据，是无法给人定罪的。只有一个人的证言，在法律上没有效力。"

……

"总之，请您告诉老太太，决定了之后，用电话通知我，我的电话号码，她是知道的，不过，我给您名片。"说着，他躬身递过两张名片。

"如果老太太拒绝你们的要求，那又怎么样呢？"

当我最后像吐出什么似的这样问他时，他突然板起令人感到十分恐怖的脸答道；"那样一来，老太太就会去见阎王的。但是我本人绝对安全，在法律上，谁也不能治我的罪，至少在现在的日本……"

十七、狂病患者

清原健司为了达到不可告人的目的，对我进行恐吓和威胁。我感到十分害怕，尽快地结束了和他的谈话。回公寓后，我脑袋阵阵作痛，虽则是早上，但不得不喝杯威士忌，以镇定自己的情绪。

这时，上松三男给我打来了电话。"五分钟前，听了您的录音电话，您说去吃茶店，于是我就给吃茶店去了电话，那里说您刚离开……有什么新情况吧？"上松意识到发生了什么事似的，问道。我感到分外高兴，因为我不敢单独处理这个问题，正想和他商量呢。

"我刚为自己卸了菊子老太太的留守秘书之职而松一口气，想不到又遇到麻烦事。"我将刚才的事一五一十地告诉了他。

"怎么？有这样混账的事？这可是与老太太生命攸关的事呀。"上松相当吃惊，不时地这样喊道。当我介绍毕，他即说道；"您暂时不必将此事告诉老太太，如果您方便，今天中午和我一起边吃饭边商量对策。十二时半，在上野的'精养轩'，怎么样？"

在上松看来，即使是在巴黎，"精养轩"也算得上是一流的法国菜馆。可是,一来是午餐,二来我们心中有难事,因而无法品尝法国名菜。上松表情严峻,酒也没喝。

"世上真是无奇不有。您过去介绍的清原健司,是一个文质彬彬,极为谦恭的绅士,可是在发生两个死人案件之后,突然露出凶相,喷出如此狂妄的话……如果说他不是凶手,也难说和这个案件没有关系。"上松自言自语地说。

"尤其令人感到可怕的是,他最后说,老太太就会去见阎王的,而他本人绝对安全。这个人可能也是一个杀人魔鬼。前不久,我开玩笑地说过,和杀人凶手面对面,如今,这种惊险的场面我算领略了。"

"你说得有道理,他大概是为了使老太太感到剧烈的恐怖而失去判断力,首先杀死一两个人。如果说第二次杀人有待调查,那么第一次杀人完全是预谋的……在死了两个人之后,他提出这个超出限度的要求。"

"从常识看是这样的。可是,墨野先生的看法呢?"

"我在电话中将事情的简单经过告诉了他,他说有待考虑一下。总之,即使他是一个天才人物,一时也无法弄清真相。"

"那么,他说可以如实地把这个事情告诉给老太太吗?"

"他说,今晚决定。他今晚要和我们商量,你不会没时间吧。"

"我有时间。"我低下头回答,感觉脸上火辣辣的。

"那么,现在呢?"上松扫了一眼手表,问道。

"我刚好没事。"

"实际上我托津岛英一君调查杉浦志郎。他说,初步调查已告结束,下午两点钟告诉我结果,你也认识津岛英一君,咱们就一起去见他吧。"

津岛英一,我马上想起来了。在"黄金钥匙"那个案件的最后的阶段,就像墨野最近的总结中所写的那样,他采用绝妙手段,置真正的凶手于死地,当然,对于他的履历和秉性我了解得比墨野和上松少。

据上松介绍,津岛过去受人陷害时,是墨野救了他的生命,因此他对墨野感恩戴德,愿为墨野效犬马之劳。

他年纪三十左右,酷爱体育,柔道六段,空手拳四段,他体貌粗犷,右脸颊有一道十分显眼的刀伤,象暴力集团分子。但却适合做这种调查。

"一起去吧,我高兴等到晚上……"

一想到晚上又能见到墨野,我心里像揣着兔子似的心怦怦直跳。

津岛英一,二时整来到上野广路旁"风月堂"的二楼。

"太太,好久不见,您变得越发漂亮了。"津岛寒暄毕,坐到椅子上。

上松即给他倒上杯啤酒:"您辛苦了,结果如何?"

"'丰田组'里有我认识的人,我经过多方面调查,据说大家对他的印象并不好。"

"这不是好事吗?'丰田组'是被社会所公认干尽坏事的右翼暴力集团,在这样的组织里,如果被同伴们赞扬,我以为倒不是好事。"

"是啊,当时,我也觉得奇怪,可是他的同伴们说他精神不正常,先生,您觉得怎么样?"

"精神不正常视程度而定,他究竟精神不正常到什么地步呢?"

"在暴力团体里不存在经历的问题,虽然也讲血统,但不对别人的出身刨根问底。可是,这位杉浦志郎却主动地将自己的出身,甚至祖宗八代的事情都抖搂给同伙们。据他们介绍,他曾外祖父曾用日本刀将得罪他的一个人的全家四口都砍死了，又放火烧了他的家。据说案件发生在爱媛县的一个山村。"

"他的曾外祖父，即是菊子老太太的祖父了，如果还活着，定是一百多岁的人。他杀人放火，恐怕是明治十几年的事吧。"

"对，是啊。那个时代的人，家中土藏（仓库）里存放二三把日本刀是常有的事；另一方面，由于残留一些江户时代的好斗恶习，发生那样的事件也不足为奇。他曾外祖父为什么要杀人放火呢？"

"据说幕府维新时期，他曾在西乡隆盛手下任职。在那动乱的年代，这是可能的，而且，要是混得好，说不定会在明治政府博得一官半职。可是据说他从年轻时就精神不大正常，因而失去了当官的机会。总之，这些不必絮叙。西乡隆盛在明治十年的西南战役中惨败被放逐到鹿儿岛市的城山后自杀而亡。这是历史的定说。我曾去过九州旅行，见到西乡死前藏匿的洞穴，它小得令人难以想象能装得进那么魁梧的男子汉的身躯。"

"那个洞穴现在是鹿儿岛市的名胜古迹呢……可是，西乡隆盛和那个人作案又有什么联系呢？"

"有的。内乱平息后，到处都有西乡隆盛没有死的传说，说他乘船逃到东南亚柬埔寨一代以图东山再起。德川时代，和萨摩的秘密贸易可谓是公开的秘密。上次我去鹿儿岛，有人还带我去看了当时一所秘密贸易的中心据点——一个乡下建筑用地。所以说，当时西乡隆盛知道秘密贸易之事，先乘船去冲绳，然后由冲绳逃到东南亚，并非不可能。"

"所谓英雄不死的传说，自古都有。可是，如果说义经、成吉思汗'一人扮两个角色'的说法有可能的话，那么我不相信西乡渡南的说法。他看到那么多死伤者，看到鹿儿岛私立学校那么多可爱的学生，强烈的责任感绝不可能让他为苟全性命单独逃往外国的。"

"是啊。在当时只要稍有常识的神经正常的人，谁都不会相信这种流传而一笑了之。而杉浦志郎的曾外祖父却坚信西乡隆盛不死，而且一定会重返日本，自己仍能回到他的麾下，而且此次自己定能建树奇功，飞黄腾达。对这种妄想，我们除了叹息，别无他法。"

"他作为西乡隆盛的部下，大概参加过西南战争吧。不管如何，总有机会立功的。"

"可是据说他当时患了脚气，走不了路。这些事姑且不管，据说，那个被他杀死全家的人就是他表弟。那是一个精神正常的人。一天，他这位表弟当众嘲笑西乡隆盛渡南之说是无稽之谈，于是当天夜里，一家人就被杀死了。"

"难道仅仅因为他嘲笑那种传说，凶手就对他怀恨到非斩尽杀绝不可的程度了吗？"上松睁大眼睛问道。

"因狂信杀人的事屡见不鲜啊。当然，这个案件是个典型的代表。要是现在，通过精神鉴定、他可能不会被定罪的。"

"可是，他被关进牢狱了。据说在狱中，他精神越发不正常，以至狂死在狱中。"

"这极有可能。"

"之后，他的妻子携带子女背井离乡来到东京。从前，乡下发生这样的案件，凶手的亲属是无法在自己的家乡待下去的。他的家属来到东京以后的情况，我就不得而知了。"

听毕，我叹息不已。我曾听说，祖宗狂病的遗传基因能够在几代之后的子孙身上突然表现出来。如果这样，杉浦一郎畸形的性格，佐川义雄的狂热，杉浦志郎的行凶作恶，也许是他那位祖宗的遗传了……

"可是，杉浦志郎却因为自己祖宗中有这样的人而沾沾自喜，甚至以此威胁伙伴们。"

我完全理解津岛英一的说明，杉浦志郎的性格，即使在暴力集团内部也吃不开，更不用说在社会上了。说不定以后连小吃茶店也开不成呢。

上松三男大概和我持相同想法，他此时苦着脸，交叉双臂。

"他已经蹲过三次刑务所了。且不说前两次，这次从刑务所出来以后，好像发生了令同伴们感到吃惊的变化呢。"

"变化？指什么？"

"一言以蔽之，思想由右翼转为左翼。当然，像他们那样的流氓暴力集团谈不上什么意识形态问题，可是据说它的前任头头是右翼思想浓厚的国粹主义者。他曾向同伙们宣布：对天皇陛下不敬，出言不逊者，就要受处分或开除……因而在他那个团体里，谁要稍稍流露出左翼的倾向，就理所当然地遭到同伴们的白眼。可是，杉浦志郎左翼化以后，脱离组织，据说，他的集团正要处分他。"

"提出脱离'丰田组'是他打算办吃茶店之后的事吗？"

"说是最近，那大概和办吃茶店有关系吧。但是，他实际上还没有脱离那组织，因为头头不在日本国内，去东南亚了。"

"总之，这是好事。他思想上大转变，只能认为和这次刑务所的生活有关系。战时，被苏联兵俘虏的日本兵，被押送到西伯利亚之后被强迫接受公式化的洗脑教育。资本主义社会的日本的刑务所，当然不存在这种可能，那么有没有另一种可能：关押他的刑务所的同一房间里有一个左翼分子，杉浦志郎每日受到他的感化。经过一段时期，潜移默化，思想渐渐发生了变化。"

"是啊，一般来说，思想上由左变右的人多，反之，由右变左的人少。但是也有例外。"

上松一口气喝完一杯啤酒，望着我道：

"村田女士，您认为怎么样？即使有这么一个感化他的人物，现在也难以想象是谁。不过如果这个人同佐川义雄同属一个组织，且相信杉浦志郎，并相约出狱以后联系，你以为有无可能？"

我不由得身体颤抖。如果杉浦志郎如今仍忠实其所在的暴力团体，那就没有这种可能。可是在现在情况下，就难说了。

墨野说，他确信佐川义雄以什么形式卷进了这个杀人案件。我怀疑三个有遗产继承权的人之一唆使佐川义雄去杀死菊子老太太。要是那样的话……我耳边不断响起这声音。

这不过是外行人的谈不上推理的想法。杉浦一郎和宫崎俊介勾结佐川义雄的可能性很小，而清原健司如果有可能雇佣以杀人为职业的人，那也难以想象他认识并勾结佐川义雄同谋杀人。我想着，更加颤抖不已。

除了杉浦一郎以外，能够有机会往巧克力里放毒的人，可以说只有佐川义雄一个人了。

如果说他是一个由于思想意识而六亲不认的人，那也不愿意看到一个从小待自己如亲孙子一样的年迈的姑奶奶痛苦地惨死在自己眼前，因而选择用毒品这种间接的杀人方法，这样也许或多或少地会减少良心上的痛苦。我这样想。

十八、鬼的数数歌

津岛英一继续告诉我们有关暴力团体"丰田组"的情况，但几乎没有什么有用的情报。

上松不断看手表，已经过了三点。"我给墨野去电话。"他说着站了起来。

"您和墨野先生已经认识很久了吧？"我利用上松不在场的短暂的时间问津岛英一道。

"太太，人和人之间的友情是不能以时间的长短来衡量的呀。由于墨野先生的救助，我得以活到现在。为报答他的恩情，我哪怕献出生命也在所不惜！"津岛表情认真，言词慷慨。

"那么墨野先生究竟怎样救助您呢？"

听了我的追问，对方叹了一口气，摇摇头："这件事先生一再叮嘱我不得告诉他人。这是男子汉之间的相约……如果先生本人告诉您，那另当别论，至于我，恕不奉告。"

我感到尴尬，沉默不语。一会儿，上松打完电话，气喘吁吁地返回座位。短短几分钟，他脸色变得苍白，额头冒出了汗珠。"您怎么啦？"

"是身体不舒服吧？"

我们急促地问道。上松摇摇头，一下子瘫坐在椅子上，招呼刚好通过身边的招待员："喂，给我来一杯啤酒！"

他掏出手帕，擦擦汗珠，随即一口喝下送来的啤酒，情绪稍稍平静下来。

"墨野实在是可怕的人……他好像嗅到了这个案件的内在秘密了。"上松呻吟地低声道。"他预言，事态如果进一步恶化，那么第三个被害者将死于毒酒，第四个被害者将死于枪下！"

我和津岛都惊讶得睁大了眼睛。即便是电子计算机式的脑袋，也不能意料到未来案件中凶手的作案方式呀。

"他是怎么悟到的呢？"

"他说，那封奇妙的恐吓信有着不被常人所识破的深刻含意。"

上松闭着眼睛又喝干一杯啤酒。

"村田女士，您知道数数歌吗？现在的孩子不唱了，但在我们的童年时代还唱呢。譬如边拍着小皮球边唱着……"

"是不是一呀什么，二呀什么……数着数字的顺口溜？"

"是的，有许多这样的顺口溜，可是刚才墨野偶然想起自己孩提时听过的一首数数歌时，不禁愕然失惊。怎么样，我哼给你们听听？"上松三男闭着眼睛，像念咒似地哼起来：

"一呀，远离村落的独房，不能进，不能进。

黑暗房屋里，有鬼，有鬼。

二呀，打开盒子的盖子，要睁眼，要睁眼，甜物品里，有毒，有毒。

三呀，瞒着大家莫喝酒，莫喝酒，酒能使你丧命，丧命。

四呀，夜里出游，要警惕，要警惕，黑暗里，有枪，朝着你，朝着你。

五呀，总是对你笑眯眯的人，要警惕，要警惕，撕开假面具,原来是鬼,是鬼。"

我浑身发抖,瞬间眼前发黑,甚至以为是日食或是停电了。

"1、2、3——死"

在这用数字排列的,最后是一个和"4"同音的"死"字的简单恐吓信中,没想到有如此可怕的含义。

童谣杀人!

在我所读过的外国推理小说中,有不少以此为题材的。如《和尚杀人案件》《身旁没人的时候》等。读那样的小说,因为心里害怕,尽管知道背后没人也得回头看一看。而如今,现实中,我的身边就发生了这样可怕的事。

凶手一定是哼着这首数数歌写恐吓信的。和上述两部小说相反,这个凶手可能正暗中得意地认为,这数数歌的秘密永远也不会被人发现。

的确,警察当局绝难把这首数数歌和现实中这个案件联系起来。即使他们仍很清楚地记得孩提时代唱过的这首歌……

对墨野的天才,我甚至感到恐惧了。

"墨野说,这首歌第六段以后的句子,他记不起来了。"上松以嘶哑的声音,继续道。"至少现在所发生的两起杀人案件,是这首数数歌第一、第二段词的再现。如今在东京附近,不走到青梅一带恐怕就找不到'远离村落的独房'了。如果凶手有汽车,或许能选择这样的房子。可是,坐落在僻静街道的住宅,响声传不到邻家的空房,也是合适的……因为凶手不仅自己要进去,还要招呼被害者进去。"

"也就是说,那个空房子里住的不是武藏国浅茅原的用石枕杀人的女鬼,而是用毒药杀人的鬼了……"

"是的。连经验丰富的警察进行认真调查后也没有发现有人住过。"上松又揩了揩额头上的汗珠。"而且更为可怕的是这个歌的第二段。我们总以为宫崎俊子之死纯属偶然，可是她的死恰恰如第二段歌词所唱的那样。因此可以认为，她的死完全在凶手的意料之中。"

我全身直冒冷汗，仿佛感到一个巨大的无形的魔手伸过来，把我一把抓起。"那么，也就是说，凶手甚至预测到我会把那有毒的巧克力糖拿给她吃了？我是不是中了魔，按照凶手的意图在行动呢？"我战战兢兢地问上松。

上松苦着脸，摇摇头："您又过于多虑了。应该说，凶手并没有驱使您的魔力。可是不知为什么，现实中这个不幸的事却发生了。不过，当时如果您先给被害人沏茶，其间老太太可能回来，因为她是老式客套的人，说不定会端出巧克力糖的。这样一来，那个事件不过推迟一个钟头发生罢了，您也就没有多少责任了，因而也不会像现在如此烦恼了。"

"是啊。她那样客气的老太太是会这样的。而且出于礼貌，习惯地把食品端给客人吃以前自己先尝尝，这样一来，她们两个人，不，老太太一个人倒下去的可能性就很大了。"

……

上松什么也没回答，拿香烟的手微微颤抖。

"可是，我想起来了。老太太是不会把巧克力端给客人吃的。记得最初，我们见到她的第二天，她给我送来一盒巧克力糖时说：'村田女士，您不必担心，在这种情况下，我不会把别人送给我的东西转送给你们的。这是我刚才去百货商店买来的，里面绝不会放进毒药'。这也许是她的预感。可见，接到那封恐吓信，神经如此过敏的老太太能够把别人送的东西端给客人吃吗？何况这前一天，送巧克力糖给她的是她对之抱有戒心的杉浦一郎……"

不知是什么无形的东西附体，使一时口舌麻痹的我突然对过去的事如此自然地侃侃而谈，"所以，我要负完全责任。凶手可谓神机妙算，借用我的手杀死宫崎俊子！"我突然叫道。

上松和津岛英一慌忙环视四周，幸亏现在客人稀少。上松收回目光，望着我道："村田女士，您不要激动，这不是您的过失。"

"可是，我像中了魔法似的。听了这样可怕的数数歌，我不可能不激动呀。"

"可是……"

"请问，宫崎俊子和墨野先生究竟是什么关系？倘若他们两个人没有超出普通关系，我也不至于如此激动了……我只要想到他们俩的关系，就觉得自己会被人怀疑是因争风吃醋而有意行凶的。希望您将真实情况告诉我，否则我真的要疯了。"

这虽然是我的内心表白，但也不能否认我有装模作样的情绪。因为我表现出适当的激动，也许能博得他们的同情，使他们将事实真相告诉我。

上松叹了口气，从桌上伸过身体道"好吧，我只好自作主张地适当地告诉您一些秘密了。以后，倘若让墨野知道了，他恐怕也只有苦笑一下了之。如前所述，那个宫崎俊子是个未亡人，如果说他们之间提出过结婚的问题，那是不足为奇的。"

"果然是……可是，所谓'提出过结婚的问题'，究竟进行到什么程度了呢？"

"对墨野来说，现在也不能非未婚的年轻女性而不娶了，墨野甚至对我说，只要脾气好，不糊涂，富有献身精神，外貌上还算得上是美人的女性，即便带一个孩子也可以。后来，当有人向他提起这桩婚事时，他调查了对方，发现她好像有情夫，因而很干脆地拒绝了。这之前，他们大概在一起喝过几次茶，可是并没有什么亲密关系。"

我终于放心了。的确,这是很自然的事。如果他们仅仅是这种普通的关系,那我就不必担心以后对这个案件有什么不利影响了。

"那么宫崎俊子和菊子老太太的关系呢?她为什么去拜访老太太呢?"我顺便问道。

"这个,我也问了老太太。你知道如今是以能拥有一亿元不动产为满足的世道。不知道谁看上了老太太什么地方的土地,让宫崎俊子从中斡旋。因为那个人出的价格比别人高,老太太有所动心,说考虑几天再答复,要宫崎俊子十天之后来。宫崎俊子是如约前往的,并没有什么可奇怪。"

我满意地叹了一口气。因为我总算弄清了这件事的基本经过。

"她和老太太的关系如果仅此而已,那就不会被凶手列在该杀者之列……"我正想说下去时,一个招待员走过来说,有电话找上松先生。

"请你们稍等。"上松把烟扔下,站了起来。我直感电话是墨野打来的。

"太太,您再喝点儿吧。"津岛英一低声说着,往我的杯子里倒啤酒。"太太,您的心情我们理解。墨野的的确确对您有意,您再耐心等上一段时间吧。我想,我们为你们干杯的时间不远了。"

我一时高兴,将啤酒一饮而尽。墨野的朋友中,如此保证的人越多,我的信心就越足。

不一会儿,上松回来了。虽然比不上刚才,但依然表情紧张。

"是墨野先生打来的电话吧?他又有什么新发现?"

"是那首歌的后几段。他刚才给一个研究歌谣的朋友打了电话，询问了那首数数歌的来历，据说那是明治中期前流传在四国乡村一带的叫作《鬼的数数歌》的歌谣。"

"那么，后几段的内容是什么？"我天生的好奇心一下子就表现出来了。

"您的心情我理解，但这回希望您不要再激动了，因为听起来第六段之后没有一段和您有关系。"

上松有意安慰我以后，开始背诵数数歌的后半部分：

"六呀，惹怒了他人，赶快逃，赶快逃，屁股上插风帆，插风帆。

七呀，对装模作样的老婆婆，要小心，要小心，她会虐待媳妇，虐待媳妇。

八呀，当你想到时，太晚了，太晚了，已经没有办法，没有办法。

九呀，这里的老爷，是狂人，是狂人，不分青红皂白，他都要杀，都要杀。

十呀，到了这一天，犯了罪，犯了罪，在铁牢里，度余生，度余生。"

全部是令人毛骨悚然的句子。这种可怕的歌似乎不是特定的个人创作出来的，极有可能是自发的，人们只是把它叫作《鬼的数数歌》而已。

十九、第三个被害者

这时,又有电话找上松。上松歪着头,站了起来。"又是墨野吗?那首数数歌不是已经全部弄清了吗?那么他还有什么事呢?"说着,他朝放电话的柜台走去。几分钟后,他摇摇晃晃地返回来,脸色苍白,惊慌失措。

"糟了!"他瘫坐在椅子上,两手抱着头。

"怎么啦"

"果然。'当你想到时,太晚了,太晚了,已经没有办法,已经没有办法'。我们完全被这数数歌嘲弄了。"上松呻吟道。"又发生了第三起杀人案件。杉浦志郎在自己公寓里死了。死因尚未弄清,好像是被毒死的。"

"'瞒着大家,莫喝酒,莫喝酒,酒能使你丧命,丧命。'凶手一定是将毒药放进酒内让他喝的。所谓偷喝酒,就是瞒着大家自己一个人咕嘟咕嘟地把酒喝进去。这和数数歌的歌词完全一样呀。"

上松大概为了缓和自己的恐怖情绪,侃侃而谈。我浑身发抖,不得不将手紧按在桌子上。"那么,墨野先生是怎么知道的?"

"他是个十分认真的人。据他说，他意识到歌词的含意时，想马上给二三子去电话，让宫崎在最近避免喝酒和夜行，可是由于电话不通和家里来客等原因，未能及时打出电话，想不到没过多长时间又出了人命案件。"

上松把刚点着的烟揉灭在烟灰皿内，站了起来。"他要我赶快带老太太去现场，随后他直接赶到那里。您能去吗？"

"我当然能去。"此时，我的心情已不单纯是赶热闹了。听了那"数数歌"，一个人感到非常恐惧，虽然无法请墨野陪伴，但也希望和上松在一起。

津岛英一说他有要紧的事，在饭店前和我们告了别，我们马上乘地铁赶往赤坂。

我们到达饭店门口时，看到谷口菊子刚从旁边的咖啡室走出来。

"老太太，您怎么来到这里呢？"

由于激动，上松站住，厉声问道。菊子神色惊恐，但随即以令人吃惊的平静的口气回答："反正咖啡室是在饭店里，并且在这儿坐着透过窗户看看街上的行人，对上了年纪的人来说也是一种消遣和享受呀。"

"其实我并非反对您到这里来……请您跟我走一趟，杉浦志郎又被杀害了。"

"怎么，轮到志郎了？"菊子，打个趔趄，把手放在玻璃窗上，才稳住身体。"怎么，又发生这么惨的事？"

"我们也刚刚听到，还不了解具体情况。墨野先生来电话，让我们陪您一同去现场。"

"墨野先生这样说吗？"菊子终于稍稍冷静下来了。"既然墨野先生让我去，赴汤蹈火我也愿意。请你们稍等，我回屋子拿了手提包就来。"

其间，上松像熊一样，叼着烟在走廊里踱来踱去。我也一言不发，三人上了车以后，在路上，我和上松依然沉默，只是菊子很担心似地不断地问这问那，因我不知道具体情况，无从回答，只能适当地敷衍她几句。大家受了那么大的刺激，上松和我也就不谈数数歌的事了。

现场是一个叫"稻花庄"的普通小公寓，位于早稻田大学附近。公寓的一楼和二楼都有四个房间，每一个房间都有独立的门，二楼外有一个楼梯。

志郎的住所是一楼最边上的五号房间。因为房主人不喜欢"四"这个数字，所以，一楼的四间房号为一、二、三、五。

有警察守卫现场，不许任何人进入。上松借口老太太想看一眼死去的外甥，终于使警察放他们进去了。他和我作为老太太的陪同，也一起进去了。

志郎的房子有两间，一间是六铺席宽的日本式房，另一间木板式也是六铺席宽。简陋的房间没有厕所和浴室，被害者俯倒在日本式房间内，屋内有一个小桌，上面放着一个药酒瓶和一个小玻璃杯。

菊子对着尸体，双手合掌，念念有词。上松向刑事询问了有关案件的几个重要问题。

我也在旁边听着。据刑事说，发现这个尸体的是一个酒吧间的名叫园村春子的女招待，她说，上班之前因有事经过这里，发现了尸体，就赶快去报案了。所谓"有点事"，这话相当微妙，他们一定事先约定在她上班之前欢度几小时云雨之乐。

据刑事说，死者的死亡推定时间是前一天晚上后半夜。据刑事说，毒药可能在药酒里面，如果确实如此，凶手早晨肯定不在现场，因此，谈论所谓谁在不在现场是没有任何意义的。

刑事简单地向菊子了解了一些问题。当他知道了这是一桩连续杀人案件之中的一幕时，非常吃惊，对上松说，他很想听听这桩案件的详细情况。上松答应了。于是，我们一起来到附近一家叫"卢比孔"的吃茶店。

刑事和我们谈了四十分钟左右。当然，对于我们来说，都是旧的话题。当刑事询问毕，墨野进来了，他一定是先到现场，听守卫现场的警官说我们在这儿后赶来的。他没有径直走到我们这边来，却一个人坐在旁边一张桌子上，要了一杯咖啡。

刑事走了以后，墨野把上松叫过去交谈了几句，随后和上松走到我们这个桌子旁。

"老太太，又发生了可怕的事呀，村田女士，您也辛苦了。"

虽然是简单的寒暄，却给我以很大的安慰，顿时，我的恐惧心理消除了很多。

"一个人，两个人，三个人，哎呀，已经有三个人被杀了，之后恐怕轮到我了吧。"可怜的老太婆颤抖着手，声音嘶哑地问道。

"您只要晚上待在饭店的房间里，不要走出去，就未必有危险吧？"

墨野不直接谈论鬼的数数歌，因为他看到老太太受到那么大的刺激。但婉转的话语含义深刻，警告老太太不要落得象数数歌四段那样的下场。

已处于精神错乱状态的菊子，当然无法想象这句话的含义。"先生，虽则如此，如果凶手要投毒，我躲到什么地方也难免一死呀。"

"不，你只要躲在饭店里，只吃饭店食堂里的东西，凶手绝对无从下手。再说，如果发生第四个杀人案件，凶手使用的就不是毒药了，而是枪。这是我的推测。"看到菊子如此兴奋，墨野突然说漏了嘴。

155

"哎呀，凶手这回要用手枪了？太可怕的凶手了。"菊子更加浑身颤抖不已。

正在这时，宫崎雄介走了进来。我们四个人停止了交谈。雄介毫不感觉伤心的样子，看他的表情仿佛强忍住要笑出来似的。

我很惊讶。是不是这家伙使用绝妙的不惹人生疑的方式连续干掉几个人后，抑制不住内心的得意之情呢？我不由得这样想。

可是……他即使不是凶手，现在的心情也是乐不可支的。因为包括他在内的三个能够继承谷口菊子财产的人中，其余两个相继被杀，而且，两个被害人并不是他的亲兄弟，而是他的内弟，因此此时，他理所当然地为志郎的死而感到高兴了。

"对不起，我来晚了。因为两个兄弟连续被害，我妻子悲痛异常，以至从早晨起一直胃疼，到现在也不止，没办法，我一个人赶来了。这是多么可怕的凶手啊。这样的凶手要快些逮住，无须审判和请律师辩护就处以死刑，太穷凶极恶了！"

我真想喊出声来：你这是言不由衷。两个被害者即使不是死于他手，他也会对凶手感恩戴德，因为凶手间接地替他干掉了和他平分财产的对手。

"请问，你听说过故人得什么病了吗？"墨野以检察官的口气问道。

"喂，对不起，你究竟是什么人啊？"宫崎雄介吃惊地问墨野道。

"我是上松君和村田女士的朋友，叫墨野陇人。"

"噢，是墨野先生。听说您前几天来过寒舍，恕未接待，甚感失礼。"雄介轻轻地低下头，又道："刑务所是什么地方，您看过电影吧，也知道一些。虽然比从前的监狱好一点儿，但一旦进到那里，受到非人待遇，也不能像工厂那样举行罢工，得了病也毫无办法。据志郎讲，他得了轻度的肺结核和痔疮。"

"肺病和痔疮是所谓的监狱病。但肺病已不是绝症，他究竟采用什么办法治疗我不知道。因为我本人不是医生，若是他请医生看，我就没必要去多嘴了。不过，在给一郎送葬时，他曾对我说过，他正抓紧治病。当时我想起来，刚好有一个朋友送给我一瓶补酒，于是在参加葬礼时，就将酒送给了他。"

"什么？补酒？"墨野皱着眉头问道。"可是，酒是谁给你的呢？"

"是一个名叫水岛中雄的公司职员。他说，这是他们公司酿造的名酒，出于宣传公司生意的目的，送给我的。"

"那么，您喜欢喝酒吗？"

"我喜欢喝威士忌和啤酒。这种补酒，价格昂贵，且有怪味，如果我病了，把它作为药来喝，那不算奢侈。可是，我的身体很健康，不想喝这样的酒。"雄介说道。他好像意识到了什么。"可是，您为什么对我送什么酒感兴趣呢？"

听了雄介的问话，墨野用冰冷的声音答道"虽然没有正式发表调查结果，但据我们所知，被害者是被毒死的，而毒药可能就在被害者室内补酒瓶子里面。"

雄介一听，跳了起来，以至桌子都晃了一下，咖啡洒了出来。"真的吗？这是您故弄玄虚吧？我只听说毒是被放在酒里……"

"补酒也是酒呀。酒不光是日本酒，啤酒和威士忌呀……"

"这些常识我知道，您不必解释。可是，您说是我把毒酒给志郎的？"

"我这样说可能令你感到不愉快，这也是一种可能性呀。案件发生后，警察要进行周密调查，各种各样的可能性都要追究。"

"这不是开玩笑吗?"雄介满脸通红。"我要是凶手,就不会对你谈起送补酒的事。在葬礼上送酒时,酒是包着的,即使谁看到了,也不知道里面装着的是一瓶酒。总之,有这样的傻瓜,主动地把作案方式告诉给他人吗?这恰恰证明我是很清白的。

宫崎雄介非常激动,他的话不无道理。可是我想,他是不是倒打一耙呢?

这时,一个警官走进吃茶店说道:"您就是宫崎雄介先生吗?对不起,百忙之中打扰了您,请您跟我到早稻田署去一下,因为我们要进行各种各样的调查。另外,老太太,你们可以回去了。"

大家叹了一口气,站了起来。

宫崎雄介和警官走了出去,上松去柜台交款时,菊子走到墨野身旁小声地说:

"先生,你千万不要相信他的话。他在电影界混了那么长时间,学会了对上司拍马屁、阿谀奉承,耍花招。他是一个可恶的家伙。"

墨野什么也没有回答,可是我听了心里一愣。

如果雄介没有卷进这个案件,那么另外两个遗产继承人相继被杀,菊子的大部分遗产将落在他手里。菊子老太太对这个本来就不怀好感的外甥女婿一定更加憎恨了。

二十、第四个被害者

之后，我们回到饭店吃饭。我毫无食欲，只因和墨野同桌共餐，才勉强地吃了几口。

菊子好像在想什么，显得忧心忡忡，为了陪同我们，也一起吃饭。上松有点垂头丧气，只往嘴里倒啤酒。

在这令人苦闷的气氛中，墨野闭口不谈案件，只谈国外见闻。"我去过德国，有一个人请我到他坐落在格鲁尼瓦鲁的别墅去玩儿。那里称得上是富翁的人有大有小，大富翁的别墅里甚至还有自家用的高尔夫球场呢。我在朋友的别墅院子里玩时，突然钻出一只鹿，吓了我一跳。我以为鹿是他们家养的，一问，却是野生的。"

"那就是说，别墅旁边有相当大的森林了？格鲁尼瓦鲁像是绿色森林的意思。"菊子仿佛兴趣油然而起，问道。

"是的。实际上，那儿的野生鹿是害兽，他们啃吃庄稼，破坏农作物。朋友约我去打猎，可是我不会骑马，婉言谢绝了。于是我就在湖边垂钓，湖里有许多天鹅游来游去。有意思极了。在那儿，我一点儿也不感到无聊地度过了一天。据说，英国的有钱人认为退休以后在别墅里面种玫瑰花呀，读推理小说呀，优哉游哉地度过晚年,是最幸福的。"

"那么,墨野先生,您打算将来怎么度过晚年呢?"菊子仿佛被触及到了心思似的,恳切地问。

"我在伊东的高岗有一个建筑面积为三十坪的别墅。那里可以眺望山和海。我想,每天弹弹钢琴,听听唱片,观赏秋海棠花,摆摆古人的棋谱,以此度过晚年是很有意思的。"

此时,我真想问他:那么,谁来照顾你呢?谁来给你做饭呢?可是另有两人在场,我又把话吞下去了。

菊子叹了一口气道:"墨野先生,您有如此嗜好,令我羡慕不已,我后悔年轻时,没有专心培养一种能够聊以自我欣赏的爱好。"

"每人爱好依性格而定。譬如,我知道打高尔夫球对身心极有好处,并且也有很多朋友劝我玩儿,可我就是喜欢不起来。"

就在这种闲聊中,我们吃完了饭。之后,我们去菊子的房间商量。她的房间有两个屋子:六铺席的日本式卧室和西洋式客厅。大家坐在那里,感到舒适宽敞。

墨野让我把和清原健司会见的情形告诉菊子。我尽可能一字一句忠实地转告她,菊子听了,显出忧虑的神情。

"墨野先生,您看我该怎么办呢?"她以哀求的口气问墨野道。

"老实说,我一时也想不出什么好办法对付他。当初彬彬有礼的他为什么现在变得如此蛮横?当然,他是个不怀好意的伪君子,这一点我过去也看出来了。可是,他为什么在发生了两起杀人案件之后,突然撕开假面具,露出鬼脸呢?"

鬼的数数歌,深深地压抑着墨野的心,他在话中常常流露出这首歌的只言片语。"如果说俊子的死出于偶然,那么一郎是不是死于他的手?他是不是想威胁我:你要拿不出钱来,就要落得一郎的下场！从常识考虑，不排除这种可能性。不过，他可能不是自己亲自下手，而是委托一个难以被警察识破的人行凶的。否则，他不会突然说他绝对安全的话。"

说到这儿，墨野停住话，以尖锐的目光望着菊子。"老太太，您现在有办法和佐川义雄君取得联系吗？"

"没有……"

"真没办法吗？他难道没有告诉您，您如果改变了想法，愿意给他三千万元后，如何通知她吗？"

"……"

"其实有多种办法可以和他联系。譬如在特定的报纸刊登启事：义雄，事情已顺利解决，速回。一般读者读了会认为是痴情女性呼唤情人或父母寻找离家出走的儿子的。"

"没有什么约定。他以后会到我这儿，直接听我亲口答复的。"菊子很干脆地回答。

"是吗，说实在的，我认为在这一连串的杀人案件中，清原健司、佐川义雄同谋作案的可能性极大呀，可是……"

"您是怎么判断的？"

"事情发展到现在，有作案动机的嫌疑者，不过寥寥几个人了。其中，被认为至少在现在阶段通过这个连续杀人案件能够得到最大好处的是宫崎雄介，用老太太的话说，他现在的心情是煮红小豆米饭来庆贺两个被害人之死的。可是，他若是凶手，刚才他说的一席话就太危险了。如果酒后失言或被警察穷追直问最后吐露真情，姑且别论，可是在目前微妙的阶段，却自动地把自己的秘密抖给别人，难道有这样的凶手吗？从迄今的案情看，这次案件的凶手，其主谋肯定是个极为狡猾的家伙。不过，话又说回来，行凶作恶的人都是程度不同的精神病患者，他们的想法，往往不易为常人所理解的呀！"

"雄介是个十足的混蛋，不可挽救的糊涂虫，我是决不想把遗产给他的，一元钱也不给。事情发展到这地步，能够做到不给他遗产吗？"菊子喟叹一声，厉声道。对雄介的憎恶之情溢于言表。

"另外，墨野先生，姑且不谈清原健司威胁的事，请问他的所谓新发明是否有成功的可能？"

"绝对没有，百万分之一，不，亿万分之一的可能也没有。即使他们的研究和实验进行到地球毁灭之时，也不可能成功。如能成功，那就如同人在月亮上不穿宇宙服也能生活一样。"

"我知道了。那么，我一元钱也不给他们了。"菊子干脆地说。

"是吗？不过他如此威胁您，您不感到害怕吗？"

"我死去的丈夫和我，一直认为人最大的耻辱莫过于屈服于压力。这种信念，我坚守了几十年了，难道我能够在现在放弃吗？"

菊子说出如此掷地有声的语言，令人难以相信这是出自一个七十五岁的老太婆之口。明治时代女性要强的性格和骨气，在这短短的一句话中表现出来了。墨野和上松同时叹了一口气。

"您的精神令人敬佩。不过，我考虑过，在取得您同意后，可以去会见一次清原健司。当然，我也是采取一文不给的态度的。"

"墨野先生，这大可不必。我想，我单独对付他。我能被他欺骗和吓倒吗？"菊子宛若变了一人似的，以坚定的语调道。

不一会，我们离开菊子的房间，来到酒吧。

"给我一杯掺一半水的威士忌。"大家情绪紧张，不得不以酒镇静，连滴酒不沾的墨野也要起酒来了。

"果然，这个案件越来越呈现出奇妙的情景，当初，听到

'1、2、3——死'恐吓信时,我为什么竟没想到这是童谣杀人的预兆呢?"墨野呷了一口近乎白开水的威士忌后,以遗憾的语气道。

"能够在事后联想到鬼的数数歌,这已经令人惊讶不已了,毕竟是天才人物呀。"我发誓这是发自肺腑的话,决非奉承之言。

"您这样说,我心情轻松多了。说实在的,第一次杀人案件后,我对凶手为什么选择那个空房子作为舞台,就感到奇怪。要杀人,为什么不选择更为便当的方法呢?譬如引诱被害者到人迹稀少的道路行走,伺机给以一击,这不是更为安全吗?"

"也就是说,凶手是一个具有偏执狂性格的人。他即使不能百分之百,也要比较忠实地实现鬼的数数歌的词句。大概在他看来,重现数数歌的词句比杀人更为重要呢。"

"是呀,不少犯罪者,尤其杀人凶手的价值观念是很奇怪的。令人感到他们是精神分裂病患者。当然,医学上能否给予如此结论,我就不知道了。譬如,他们为了谋财害命,苦思冥想,绞尽脑汁。而一旦得到钱财以后,如何使用却不动脑筋了。"墨野大声叹息后,接着道:"尤其这种疯狂的'童谣杀人'的凶手更加危险。有时他们为了拼命追求歌谣的词句重现,甚至于对加害的对方不加选择了。譬如,第二个被害者宫崎俊子,未必是凶手非置于死地的人,凶手所要害死的当然是菊子老太太,但若不是老太太而是别人错吃了有毒的巧克力也无妨。因为无论谁死了,也都符合歌谣的词句。这种凶手的可怕就在于此。"

"有道理。"

墨野的话令人信服。说实在的,当墨野识破了恐吓信"1、2、3——死"的含义时,我内心的恐惧加剧了,由此因宫崎俊子之死而负疚的痛苦也减轻了许多。

"村田女士，您大概觉得我出马太晚了。您大概会认为，我要是没有正式工作的束缚，从最初听恐吓信时就投入全副精力，大概能够防微杜渐，避免三个杀人案件的发生吧？"墨野是一位极富有责任感的人，此刻，他又以自我责备的口气问道。

"即便是神也无法阻止这三个案件的发生呀。最初，听到'1、2、3——死'的恐吓信时，我和上松也只想到凶手所要害的是老太太而不是别人，我们见到三个有遗产继承权的人时，还认为恐吓信是出于他们三人之手的，上松甚至说他们是嫌疑犯……后来发生了第一个案件，被害者一郎的确有许多过失……第二个案件是防不胜防的，因为巧克力内注入毒药恐怕是在凶手写恐吓信之前。而第三个案件却是在您意识到数数歌以后，不到几个钟头发生的，这怎么防止得了呢？"

我说着，脑海里闪过迄今所读过的推理小说中出现的许多非凡侦探的形象。的确，在这奇妙的案件中，即便是波洛灰色的脑细胞，费罗望斯的艺术评论家的冥想力，歇洛克·福尔摩斯吸烟时的思索，也无法避免。

"的确，在这种情况下，谁也无可奈何。不过，要想法阻止'四呀……'的发生。要是凶手赌起气来的话……"

墨野说着，象饮苦酒似的，呷了一口威士忌。"可是村田女士，我突然想起一件奇妙的事。老太太大概还没睡，请您现在马上给他打个电话，我要问她一个问题。"

"什么问题呢？"

"二三子孩提时代的性格，尤其她对文学是否感兴趣。"

墨野的意图我已猜到了。我马上走到店角落的电话台旁，给菊子拨了电话。

"是和子呀？这么晚了，您在哪里？"菊子以疲惫的声音问道。

"在一楼的酒吧间。墨野让我打电话问您,有关二三子童年时代的性格。"

"是吗?"菊子好像略为考虑了一下,"她确实从小学开始就很爱好文学,当时堪称文学少女。她特别爱读童话,爱唱童谣,记得她还编了一个小剧《百万富翁的新娘》。在一次学艺会上,她还兴致勃勃地扮演灰姑娘呢。当然,从她现在的样子是令人难以想象的……"

我听菊子说到这儿,后面的话就听不进去了。现在的二三子,干瘪瘪,死气沉沉的,令人难以看出她童年时代竟是一个对灰姑娘富有同情心的、活泼好动的姑娘呢。可是,我曾记得过去读过的一本小说说过:象童谣杀人这样异常的偏执狂的犯罪,都是孩童时代的本能被压抑的结果。

二三子的身上也流着祖宗遗传的疯狂的血。被生活重担所压,在人生道路上迈着沉重步子的她可能对亿万财富有潜在的占有欲。如果说,她不择手段要把这庞大财产据为己有,那也不足为奇。

我想着,立刻返回座位,将菊子老太太的话告诉墨野。

"是吗?果然如此呀?"墨野以沉重的语气道。"让我再冷静地考虑一个晚上吧。想不到现在有一个可怕的问题在我脑海里掠过,这恐怕是这桩连续杀人案件的真相吧。按目前这种情况,至少今天晚上不会发生什么不测。我想,第四个杀人案件终归能够防止的。"

可是,就在当天晚上发生了第四个杀人案件。

酒后,墨野、上松送我回家。不一会儿,我就昏然入睡。翌日上午将近九时,我被菊子打来的电话惊醒。

"和子,不好了,又发生杀人案件了。"电话中传来菊子凄切的声音。

"什么？这次是谁？"我的睡意一下子消失，以颤抖的声音问道。

"是雄介。据说昨晚回来，好好地上了床，可是今早却冷冰冰的了。"

"您说什么？是被手枪击毙的吗？"我呆然地问道。

"不是，据说他枕头旁边的威士忌里好像被放进了毒药。"

"怎么？可是您是怎么知道的呢？"

"是警察打电话告诉我的。除了你们三人之外，警察也知道我的住处，他们和我联系，您不会感到奇怪吧？"

……

"我该怎么办呀？"

您先搁下电话，我给墨野先生去电话问了以后，再和您联系。"

我机械地回答以后，放下电话，但再也不想拨动电话号盘了。我瘫坐在沙发上，以麻痹的头脑开始思索。难道说这是"四呀"的再现吗？不，不是"四呀"，而是"三呀"，

三呀，瞒着大家莫喝酒，莫喝酒，

酒能使你丧命，丧命。

我耳边又想起这段歌词。难道说，雄介被害是第三个杀人案件的重复吗？

两个"三呀"，我突然想到，一种恐怖油然而起。

雄介临睡前喝这酒，大概是为了感谢杀人凶手间接地为他除去三个财产的竞争者吧？那么这种酒，与其说是睡前习惯喝的酒，倒不如说是瞒着大家偷喝的酒。

杀人凶手可能以为谁也意识不到这个鬼的"数数歌"。因此，他可能出于所有犯罪者所共有的虚荣心，重复同样一种杀人方法，以强调一、二、三、三。

二十一、对　峙

一会儿，我情绪终于平静下来，才给上松打了电话。

话筒中传来上松含糊不清的声音。他好像是从熟睡中被电话叫醒的，可是一听说又发生了杀人案件，顿时清醒过来，桌断地道："哎呀，又死人了！我马上和墨野联系，您暂时不要答复老太太。"

他放下电话后，过五分钟又打来电话，声音又变得有气无力："墨野今早出门了，可是原来他告诉过我，今天没有什么重要的安排呀！"

"他究竟到哪里去了？"

"从他昨晚的话看，他好像弄清了这桩连续杀人案件的一个关键问题，看来他快要推断出这个案件的整个过程了。在这样的时候，他往往从清早就到什么僻静的地方去边散步，边思索如何处理。他可能在新宿御苑，上野公园或井头公园，说是午后马上就回来。"

墨野酷爱森林等幽静环境，这从他的多次谈吐中也可知道。到这样的地方去深思熟虑问题，并非一般称得上天才的人所具有的怪癖。

"也就是说，这个案件的全面解决已近在眼前了。那么，我们现在该干什么呢？"

"墨野也许想单独作战，不过，我们当然不能袖手旁观。眼下，我们先带老太太到市川去吧。"

上松决定先用车到饭店去接菊子，途中经过这里接我，然后三人一起前往现场。

接完菊子，车到我的地方的时候，上松让菊子在车里面等，他自己径自进到我的房间，边点上一支烟，边对我说："案情的发展越来越令人不可思议了。现在的结局是，有遗产继承权的人已全部被消灭了。"

上松情绪激动，我拿出威士忌酒道："虽然是早上，也喝一杯清醒剂吧。"

可是，上松摇摇头："今天我们要干很多事情，不能喝酒了，请用汽水吧。"

于是，我又拿出一瓶汽水。"那么，在四个财产继承人都已死掉的现在，如果老太太去世了，财产该由她妹妹继承吧？之后，当她妹妹死了，财产继承权又将转到二三子和一郎的妻子之手吧。我的法律知识寥寥无几，但我知道目前的日本在这种情况下男女是平等的，不光男人有继承权吧！"

这些都是我在等待上松到来之时头脑里翻滚的事，所以现在能清楚地说出来。上松一听，睁大眼睛苦笑了："是啊，你说的没错。即便是宫崎雄介还活着，在老太太死之前，二三子如果和他离婚的话，继承权当然也归二三子了……等一等，这里面有一个很大的问题！"

"什么问题？"

"可能是墨野现在还没有意识到的一个问题。"上松望着天花板，继续道，"二三子可能对她那个毫不中用而又好高骛远的丈夫极为讨厌，可又不能以此作为离婚的理由。如果采取协议离婚的话，是不需要什么理由的……对了，要是制造出某一种条件，二三子就不担心雄介不同意在离婚证书上签字了。就是说，譬如二三子有了情夫，而又被她丈夫发觉，她丈夫提出离婚的话，这正中二三子下怀，可是如果她的情夫是一个心狠手辣的家伙……"

"您是说，他有可能杀死雄介……"

可是上松苦笑着摇摇头。"不，我这种推测不对。要是那样，她的情人就不采用在他家中投毒这样极容易受嫌疑的愚蠢方法了，他倒不如在雄介外出时伺机杀死他更为便当……总之，在这种时候应停止胡乱猜测，我这个人总带有一点儿小说家的脾性，经常产生奇怪的、不切合实际的想象……"

过了一会儿，我们走出公寓，坐上了车。菊子感到害怕，流着眼泪道："雄介被杀我毫不痛心，我只担心下次轮到我了。"

她又重复旧话。我无法回答她。

"数数歌"里含有杀人意思的歌词是第一、二、三、四九段，其中已出现的段有可能重现，再加上出现至今未出现的"九呀"的话，这桩连续杀人案件就很像战后的，"帝银事件"了。

途中，由于遇到汽车事故，交通阻塞，所以我们到达二三子家时，已经将近中午了。

警察的初步搜查已告结束，雄介的尸体被运去解剖，二三子随警察去警视厅接受讯问。

当然，美容店暂时停业。我们从住在店里的年轻美容师藤井好子口里，了解到事件的大概经过。

昨天，二三子胃痉挛发作确是事实。她因为无法步行，只好请附近的医生来打了针，之后一直躺在床上睡着。

雄介是在夜里十一时左右回来的。当时，他喝得醉醺醺，口里哼着小调。为此，藤井好子对他听到内弟被杀反而高兴，觉得十分生气。

二三子因为吃了含有安眠剂的镇痛药之后，睡得很死，据她后来说，她当时根本不知道雄介回来。

可是第二天早晨七时左右，当她睁开眼睛时，发现旁边的雄介已经死了。她忘记了自己是一个病人，猛地从床上跳起来，慌忙叫醒藤井好子。之后，又马上给警察去电话。一家乱成一团。

在这种情况下，藤井目击了当时的现场。死者旁边床头柜上放着威士忌的瓶子，瓶里留有十分之七的酒，大概死者临睡前喝了一杯掺水威士忌。看来就是这瓶酒里被放了毒。喝进酒的最初阶段，雄介可能进行了痛苦的挣扎，由于上述原因，二三子没有发觉，这也不足为奇。

藤井说，这瓶威士忌原来是放在厨房柜橱里的。

接着，上松间接地向藤井了解二三子的品行，但收获甚微。如果是警察正式的讯问，那另当别论，可是对藤井来说，上松是一个身份不明的人，她绝不会把一切都告诉上松的。

上松大概对此感到恼火，说是要到附近散步，就把我一个人留在那里，他一个人卖出了店门。上松显然想象警察似地对此案件调查一番，但无法进行下去。而我对此也不抱任何希望。

"这种可怕的事情究竟要进行到什么时候？"菊子抓住我，又苦苦问道。"我每天为此提心吊胆，怕活不长久了……也许过几天就要死于非命……"

"您大可不必为此担惊受怕。看来野先生已经发现了案件的真相。这个意外的可怕案件将马上得到全面解决了。"我只好如此安慰她。

想不到上松出去只十分钟左右就回来了。"散步途中，我突然想起给墨野先生去电话，他刚好回到家。他今早不完全是散步，而是去搅了一个人的晨睡，和他进行了极为重要的谈话。现在案件的真相已经大白了。"

"是吗？"菊子和我几乎同时叫了起来。

"那么，墨野盯会见的人究竟是谁呀？"

"有关这个问题，他在电话中没有讲。不过他断言，凶手将在几个小时之内捉拿归案。我是绝对相信他的话的，他今早所会见的人，肯定和此案件有关。"上松含糊其辞，令人感到他话中有谎。墨野肯定告诉他所会见的人的名字了。

是清原健司吧。因为除了他，再没有还活着的与案件有关的人了。我心里想道。

"墨野还说他马上就到这里来向大家说明案件的真相。但这里无法详谈，他要我寻找一个旅馆或安静的房间。藤井女士，您看这附近有什么合适的地方？"

"如果找旅馆，从这里出去走一百来米的地方有个叫'松月'的旅馆。"

"那么我们三人到那里去等墨野吧。藤井女士，他来到这里后，请您告诉他去那里。"

上松说着，站了起来，我和菊子跟在他后面。

在"松月"旅馆，我们不能干巴巴地坐着，于是向招待员要了啤酒和汽水，可是上松只呷了一口。

"墨野先生大概怀疑二三子是凶手吧？"我忍不住地问道。

嗯，这个嘛，我也不知道。上松以异乎寻常的口气含糊其辞。

"可是，如果说酒瓶的毒药是原来投进去的话，被害者只要饮下四分之一瓶，大概就会倒下去的吧？可是，如果想在被害者喝酒时往瓶里投毒,那无论如何要在现场,因而,凶手至少与同案犯必须是住在那房间里的人!"

"嗯?是吗?"

"除二三子外,住在美容店的还有两位年轻的美容师。二三子有无可能勾结其中的一个呢?"

"是啊。要说可能性,什么可能性都应当考虑进去。"上松冷淡地回答。之后,他好像在考虑什么深刻的问题,我们问什么,他也只是敷衍几句。

我焦急地等待墨野来到。实际上,他不到一个钟头就赶来了,可我像是等了一天。而且,当他走进屋子时,我仿佛觉得神从天降了。

他的表情异乎寻常,英俊的脸上浮现出严峻冷漠的表情。此刻,比起用高等数学分析企业的专家来,他更像是一个魔鬼式的检察官。

"让你们久等了。"他稍稍点头,就座。之后,许久一言不发。大家度过一段难堪的沉默之后,他才抬起头,仿佛一位学者朗读学术报告似的道:"诸位,这是一个极为可怕的案件。可是一旦真相大白,又令人感到没有什么。案情并不复杂。譬如,它并没有密室杀人那种复杂性。但是这个案件有一种普通案件所没有的倒错性,即顺序颠倒性。从这种意义上说,这可是日本历史上极为少有的案件……"

菊子无法忍受墨野这一套慢吞吞的开场白,从桌子上探出身来问:"对不起,墨野先生,打搅您的话了。请问您今早会见了谁?又从他那里探听出什么线索来呢?"

"我没有会见任何人。我只是在想采用什么最妥当的办法处理这个案件……我颇费心思,想来想去,还是认为劝告真正的凶手自己投案是最上策。"

"自首？是劝义雄吗？当然，这个问题，我也未尝没有多次考虑，只是不知道他的住处。"

墨野大声地叹了口气。"这容后再议。请问，您知道《鬼的数数歌》吗？一呀……以这第一段开始，按一、二、三、四的顺序可以数到第十段。"

"我不知道。"

"是吗？据说这是从前四国乡村流传的一首歌谣，问句失礼的话，据说，您的爷爷过去犯的罪，好像和这首歌其中一段唱得一样。您真的不知道吗？"

"我和四国毫无关系，我还是初次听到您说的这首歌。"

"是吗？您这样说，我就没办法了。离正的凶手是一种精神病的患者。凶手为了再现这首歌谣的词句而连续杀人，这点是绝对没错的。但是我认为，凶手还有别的我一时也弄不清楚的现实动机。不过，如果你们感兴趣的话，我能马上告诉你们真正凶手的名。昨夜，我偶尔从一个细节上察觉到秘密时，因心情烦闷而辗转反侧，一夜未寐呀！"

二十二、铁 牢

"凶手究竟是谁？"菊子突然睁大眼睛，慌忙问道。那种神情令人难以想象她已经是七十五岁的老太婆了。

墨野冷静地回答："老太太，凶手就是你呀。"

我一下从座位上跳起来。上松默默地睁大眼睛，盯着菊子，但菊子神色不变，泰然自若。

"那么，您是说我杀死了四个人啰？"

"是的。否则就无法解释这一系列的现象。"

"是吗？那么我洗耳恭听您的推理。"

我心里怦怦直跳，换了一下坐的位置。几分钟之前我也没有料到事件的结局竟是这样。

"首先，我昨晚感到奇怪的是：老太太，你原来是懂德文的！"

……

当时我说到德国的格留尼瓦鲁时，您能马上说出这是'绿色森林'的意思。当然，如果是一个英文地名，譬如格林·瑞沃，一般的人都会知道这是'绿色的河流'，因为日本语里英文外来语很多。而德语对日本人来说是特殊语种，日语里德语的外来语太少了。"

……

"可是，您却能马上将那个词翻译出来。这说明您至少具备德语的初步知识，既然如此，德语中最简单的数词1、2、3，您不会不知道吧？"

……

"可是，您却假装一窍不通的样子，把自己用德语写的'1、2、3，——死'的恐吓信拿去问村田女士。您这样做，使得谁都会认为您将遭到暗算。因为您是一个没有子女，年已七十五岁的亿万女富翁，且有资格继承您财产的三个人都形迹可疑。反之，谁也难以设想您蓄谋杀人，所以您才写这样的恐吓信分送给别人。"

……

"上松君和村田女士完全被您蒙骗了。当时如果您真的遭别人暗算，他们提出让您秘密住进饭店无疑是高招。可是，因为你是凶手，他们的建议反而有助于你作案了。譬如第一次作案，如果您住在自己家，由于一楼的大门有管理人日夜守卫，您出门时有很大可能被人发现乃至要打招呼，而住到人来人往极频繁的饭店，您出门时一般是不为人们所注意。"

……

"您可能是这样欺骗杉浦一郎的：杉浦一郎因债台高筑，而不知所措。这是人人皆知的事实。您如果提出要他为您办一件事，以此作为向他提供资金的条件的话，本来很糊涂而且又缺钱、正焦急得像个热锅上的蚂蚁似的他，是极容易上当的。

"您可能对他这样说：佐川义雄正因病躲在那所空房了里。我要他尽早向警视厅投案自首，无奈那孩子十分任性，全然不听我的劝告。从前你和他很要好，你劝劝他，他可能听你的。

希望你不要让任何人知道,悄悄地跟我去一趟那所空房子,见见他。于是,那天深夜,你们就到那所房子去了。当然,你是房主,有房门的正式钥匙。当时,我若是处于杉浦一郎那样的窘境,说不定也会被您引到那里去的。"

我叹了一口气。第一个杀人案件肯定是为了使'鬼的数数歌'的'一呀'在现代东京附近重现而精心设计的。至于如何把被害人引到空房子,对她来说,就无须考虑非用什么样的手段不可了。但是,她如果用上述的借口,那就能很简单地把被害人引到那里。我甚至觉得这不是墨野的推理,而是事实的真相了。

"杉浦一郎被杀之后,还有两个有遗产继承权的人,杉浦志郎和宫崎雄介。由于这两个人只知嗜酒,您不能用'鬼的数数歌'的第二段歌词的形式来杀死他们,但您又必须重现这段歌词。那么怎么办呢?只能去杀另外一个人。当时,在你看来,杀死四个人和杀死三个人已经没有什么区别了。并且,你借口巧克力是杉浦一郎送的,就能有效地避免受到嫌疑,因为,一者,杉浦一郎业已身亡,无从调查;二者,杉浦一郎的确有可能存在杀死您的动机。当时,村田女士如果谨慎,不拿出巧克力糖招待客人,那么,你回来之后,也会拿出来的。结局一样。第二段歌词得以重现,只不过案件的发生推迟半个钟头或一个钟头罢了。"

……

"有关第二个案件,有一点令人感到不可理解。你给村田女士送巧克力时,曾主动地说出'毒'字。说什么,不能把他人送的东西转送给村田女士。既然如此,您又为什么把您认为存心不良的人送的巧克力留下来而不扔掉呢?"

……

"答案只有一个。那就是你从开始就知道这些巧克力糖是注入了毒药的特制品。你在接受警察调查时说自己一时疏忽,而其实您是一个绝不会一时疏忽的人。另外,的确,被认为能够往巧克力里注入毒药的还有佐川义雄,但是在某种意义上说,他是个并不存在的幽灵。"

……

"至于第三、第四个案件,我无法絮说。你即便想用手枪,但这在今日的日本是极难弄到的。于是您改用毒酒去对付两个酒徒。您可能以什么借口去杉浦志郎的住处,趁他譬如上厕所之机,往药酒里投放了毒药。那是极为容易的事,大概有两分钟足矣。补药酒不同于普通啤酒和威士忌,即便饮者感觉出奇怪的味道,也会喝下去而不吐出来的。这一点您大概充分估计到了。"

……

"有关第四个杀人案件的真相可能是这样的:我们去第三个案件现场进行'现场验证',返回途中经过二三子家。我和二三子在二楼谈了十分钟话。当时,你下楼去厕所经过厨房时,往威士忌酒瓶里投放了毒药,这大概不困难吧?"

……

"总之,除了你以外任何人都不能连续四次作案。譬如二三子,她就绝不可能往巧克力糖里注入毒药的。"

……

"另外,还有一个有力的旁证证明你是凶手。尽管清原健司露出鬼脸威胁您,可以认为是杀人的预告,但是,他抓住你的辫子进行勒索的可能性也是很大的。你的什么辫子被他抓住了呢?让警察去调查一下,大概就清楚了。清原健司的情人住在市川现场的附近,在发生第一个案件的夜晚,他刚好去那里。

他如果发现你进入或走出那所空房,你大概也不感到惊奇吧。后来,当他知道那个案件之后,大概会雀跃的,因为他掌握了能置你于死地的把柄了。他很清楚,任何人在这种时候与其被判处死刑,倒不如抛出一半财产以换取生命。这样一来,他就能从你那里勒索到五亿元作为永远不能成功的纯属诈骗的'发明'的投资了。"

"是这样的,墨野先生。"菊子终于开口说道。"是的,我已经问了清原健司。我在那天晚上进到那所空房子时,是被他撞见了。当时,我虽然很注意,但毕竟上了年纪,又在夜晚,眼睛不中用了啊。"

菊子的语调和平时毫无异样,她很平静地承认自己是第一个案件的凶手,当然也就等于承认是第二、第三、第四个案件的凶手了。这使我感到浑身发抖。

"那么,您为什么要杀死四个人呢?您愿意谈谈杀人的动机吗?"墨野紧追问道。他早已识破凶手的一个杀人动机:童谣杀人。但他要知道凶手必然存在的另一个现实的、直接的杀人动机。

"是为了国家。像我这样上了年纪的人,只能够为国家干一点这样的好事了。"

"什么?为国家?!"我惊愕得睁大了眼睛,墨野也甚感意外,他身体向前侧斜,大声反问道。"是的,是为国家……由于最近土地价格暴涨,我的财产急剧增多到令人可怕的程度。可是,对于没有子孙后代的我来说,根本不需要这么多钱呀!"

……

墨野沉默不语。菊子多少带着哀愁的语调继续说道:"人活着的确需要有一定的金钱,但是金钱多得超过限度反而会导致不幸。这几年,围着我转的不只这三人还有别的许多人。他们为了夺取我的财产耍弄种种阴谋诡计……类似这种说搞出什么发明而需要捐助的企图骗取我财产的人，我不知见过多少了，他们都是狼心狗肺的人啊。"

……

"虽然身体还硬朗，但毕竟是七十五岁的人，不久于人世了。当我想到我身后那三个人将如何使用我的财产时，我担心得晚上都睡不好觉。"

……

"他们继承我的亿万财产，如同疯子得到了刀把子，不知要干出什么可怕的事。先生们，你们是怎么想的？不，上松先生，你最初见到他们三人的时候，不是也产生和我现在一样担心的想法吗？"

……

"而且，现在日本所以产生严重的住宅和公害问题，其中一个重要原因大概是人口太多了吧。我听人说过，要是现在日本的人口减少十分之一，日本就会变成一个令人感到舒适的美好国家。因而，像我这么一个一大把年纪活不太长的人，如能杀死几个无用的人，并且不断地有人和我产生共鸣，采取同样的行动，这样一来，成千上万有害于社会的人逐渐消失，而留下了优秀人才，那么不用几十年，日本就会变成我所说过的美好的国家了吧。"

"什……什么？是为了日本的将来？为了减少日本的人口而杀人？你是说，这是你的杀人动机？事到如今，要是你一个人这样做了，我们也没有办法，你还希望成千上万的人以你为楷模去杀人吗？"墨野喘着气道。

"是的。这么一场伟大的运动，总需要先驱吧？要是七十五岁以上的人都像我一样干起来的话……"

179

为什么单是七十五岁以上的人呢？"

"墨野先生，看起来，您对法律还不甚了解吧？法律规定，七十五岁以上的人可以免除死刑。所以，我即便杀死几个人也不会被判处死刑的。清原健司威胁我，要是把我的秘密揭露出来，我就会被押往刑场云云，我嗤之以鼻。这个傻瓜蛋，连简单的法律知识也不知道。我告诉他，敢干这样的事，至少要买一套六法全书回家读一读。"

"……"

"墨野先生，您知道全国有多少七十五岁以上没有亲属的孤独老人？而政府为她们做了什么好事了？像先生这样年纪的人，大概没有认真考虑过这件事吧！"

"……"

"我要向他们呼吁：你们如果生活不下去，那么就到刑务所（即监狱）去住吧。不管如何，政府会保证他们衣食住这些最低条件的。而且，这样进刑务所的老年人不断增多的话，政府还说不定会设立专供老年人的，有良好设施的刑务所呢！"

"……"

"但是，我必须预先告诉他们：你们可不能为了进这样的刑务所而去盗窃或诈骗。因为我们和那种犯其他大罪行而被关进刑务所的人完全不一样，他们是干坏事，而我们是干好事……我们如果不为了减少日本人口，从而使将来的日本令人感觉更舒服一点儿，那么我们一旦命赴九泉，就无言以对明治天皇陛下了。"

"……"

"要是如今没有被先生您拉住的话，我拟想继续为国家干这件有益的事。我丈夫生前研究药品时，留有一大瓶足够毒死一两百人的氰酸钾，我原想继续制造有毒巧克力送到感化院还是什么地方去慰问那里的社会渣滓呢。"

我一动不动,仿佛冻僵了似的听着这个老太婆可怕的告白。她比谁都更强烈地表现出她那杀人放火的祖宗的狂人习性……我竟丝毫没有觉察,甚至庇护她。非但如此,她还借我之手杀了人。并且在这种情况下,我随时都有可能被她杀死,因为她有时对杀害对象是不加选择的。我是多么糊涂呀!我是亦步亦趋地主动地走进这个境地的呀!

"九呀,这里的老爷,是狂人,是狂人,

不分青红皂白,他都要杀,都要杀。"

我耳边幻听似的,响起了这恐怖的鬼的"数数歌"。

"您要说的话,就这些吗?"墨野大概不想听这个老女狂人继续唠唠叨叨了。

"上松君,请您给110打电话。"

"怎么?你向警察告发?"

"是的。你不满意吗?"

"不,一点儿也没有……110,110……

十呀,到了这一天,犯了罪,犯了罪,

在铁牢里,度余生,度余生……"

菊子开始小声地哼起来。她哼完了,又从头从一呀、二呀地一直哼到最后一段。

墨野、我和一手拿着话筒想拨号码的上松,久久地、一动不动地站在那里。

突然,沉重的声音打破了死一般的沉默,撕破了空气也像凝固住了似的恐怖的瞬间,墨野说话了:刑事诉讼法第四百八十二条是:被宣判徒刑、监禁或拘留者,由于有以下原因,与法院同级别的检察厅的检察官,或者受刑者所在地的地方检察厅可酌情停止执听对他的刑罚:

1. 刑罚的执行者有可能严重危及受刑者的健康，甚至生命。

2. 受刑者年龄已超过七十岁以上。

3. 受刑者怀孕已超过一百五十天以上。

4. 受刑者分娩后不超过两个月。

5. 刑罚的执行有可能给受刑者带来不可弥补的重大损失。

6. 受刑者的祖父母或父母年龄超过七十岁或是患重病、残废的人，并且除了受刑者外，没有其他供养者。

7. 受刑者的子女或孙子年幼，并且除了受刑者外没有其他保护者。

8. 其他重大原因……

墨野仿佛是法律问题的专家，一口气背诵了刑事诉讼法第四百八十二条后，以严厉的口气补充道："所谓徒刑，监禁和拘留，是指剥夺犯罪者自由的所谓自由刑。至于死刑，六法全书可没有记载能根据年龄给予停止执行的条文呀。无犯罪意识的行为者不罚，这是文明国家法律的最高准则。可是对于知法犯法者，六法全书绝无免罪条文的……"

墨野如钢刃似的目光刺向菊子，又说道："不过看来，法律专家会认为促使你犯罪的原因中有'误解法律'的因素。您还不赶快去自首吗？我必须再重复一遍，判处死刑是不受年龄限制的。"

老太婆的眼睛里终于涌出了真正的眼泪。可是，旋即从她口里哼出了那可怕的鬼的"数数歌"中，被她填了部分新词的一段：

"七呀，对装模作样的老太婆，要小心，要小心，她会杀人，会杀人！"